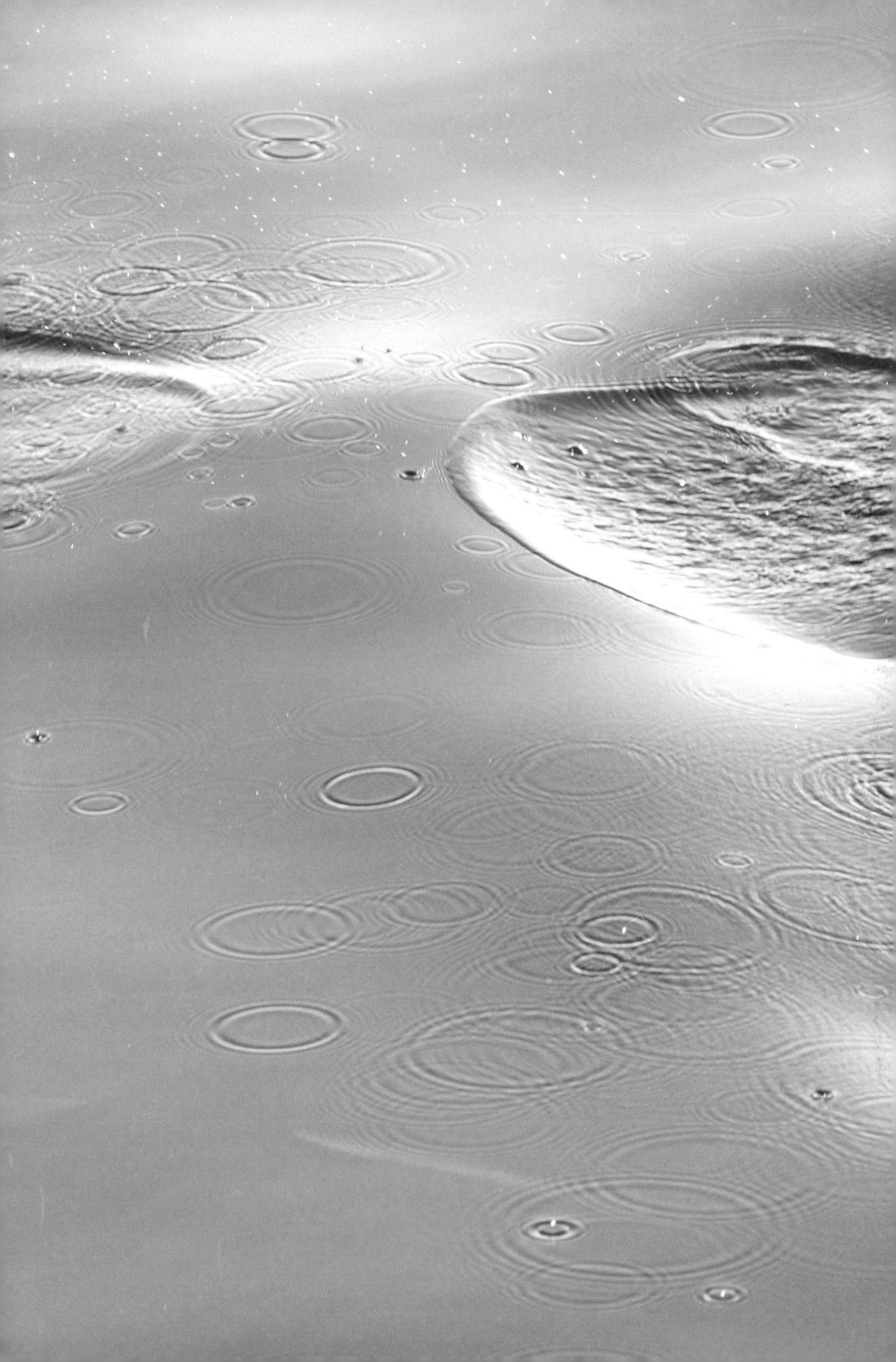

23.97的海洋哲思課

文◎廖鴻基

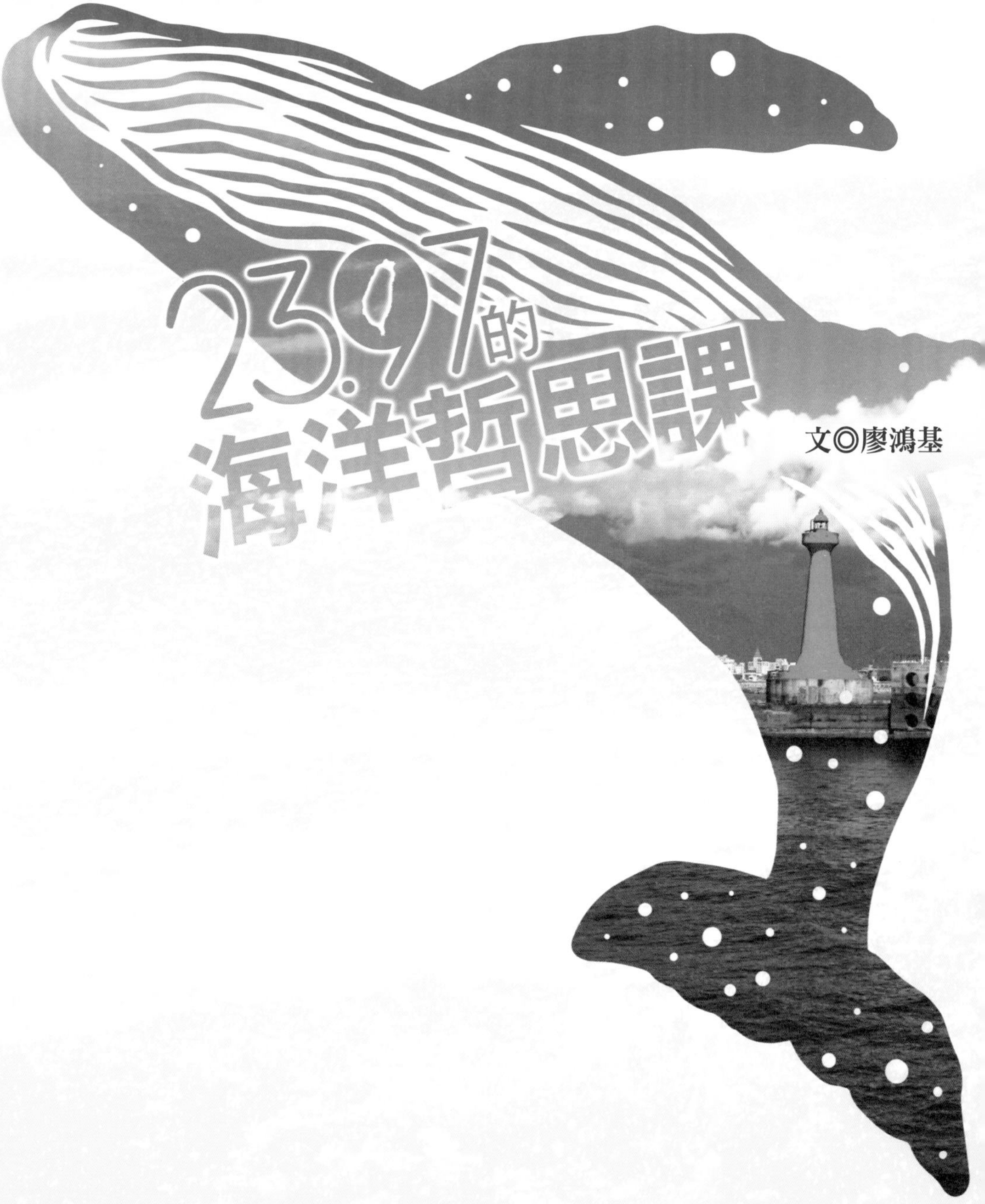

推薦序 1

SEA HOPE 搭起海洋人文素養與保育實踐的橋梁

光寶科技董事長

宋明峰

「環境自覺」是閱讀廖鴻基老師這本書深觸於心的共鳴。他說：

「一個好獵人，必須是個好的生態守護者，因為他們和獵物生活在一起……清楚意識到自己從生態環境中獲得什麼好處，並帶著知恩圖報的情懷，就是『環境自覺』。」如何從生態系統觀來啟動或建構個人、家庭、地區、社會等環境保護素養，乃至關懷跨疆域的地球生態，進而付諸行動？作為企業經營者與地球公民，這也是我長期與夥伴們共同肩負的企業社會責任與生活實踐的一環。

二十一世紀是國際公認的海洋世紀，是「藍色文明」的新時代。隨著工業文明的發展，研究指出，海洋吸收了人類排放到大氣中高達80%的二氧化碳，且承載了高達91%未進入回收系統的塑膠，不論是天候或是人為因素，每年有八百萬公噸的塑膠垃圾進入海洋。倘若人類再不思改變，科學家預估，二〇五〇年海洋中的垃圾重量將多過魚類，而且絕大部分是無法分解的塑膠。聯合國雖已將塑膠垃圾視為僅次於氣候變遷的全球危機，但世界上卻僅有不到30%的企業將SDG14（保育及永續利用海洋與海洋資源，以確保永續發展）列為重要鑑別目標。

四面環海，擁有豐富海洋資源的臺灣，又該如何面對這樣的形勢？

I see you 感受與知識同等重要

光寶科技源起於海島臺灣，海洋資源的保育及永續利用對我們來說責無旁貸。本著責任生產、自覺資本（Conscious Capitalism）的企業公民精神，同時也對應聯合國「全球永續發展目標」（SDGs）的健康與福址（SDG3）、教育品質（SDG4）及海洋生態（SDG14）。展現「全球觀點、在地行動」的視野與核心素養的行動力。

一〇八年課綱「核心素養」強調：學習不再局限於學科知識及技能，應讓學習與生活結合，才能面對未來挑戰。此理念恰與光寶科技旗下的基金會多年戮力於「食育」、「EQ、SQ美學」和「環境永續綠生活」的家庭教育課程推動實踐不謀而合。以奠基豐厚的知識結合親身體驗的情感為基礎，如此對環境所產生的使命感和承諾就能生根扎根。

SEA HOPE 搭起人文海洋閱讀的橋梁

本書作者廖鴻基老師，成立黑潮海洋文教基金會，三十多年來致力於臺灣海洋環境、生態及文化的研究推動，是文壇中重要的海洋文學作家。字裡行間有著豐沛與大自然搏鬥的海洋經驗，生動細膩，情感真摯。《23.97的海洋哲思課》敘說著花蓮市的紅燈塔，與彰化芳苑鄉的芳苑燈塔緯度同在北緯23.97上；循著作家書寫的路徑，閱讀島嶼臺灣東西海岸大不同的況味。

全書共分為七個單元，不論是山環境或者是走一段海岸、潮間帶的親海活動，乃至從食魚文化出發的漁業、鯨豚生態到人類對環境資源的消費所提出的「減速慢行、永續開發、綠色經營」的概念，在在都以海洋視野的創作閱讀進行反思，根植於深層的人文素養以及人與人之間的節制簡約美德，看見環境生態文明的深層扎根。

如同廖老師說的，「海洋無可預約，但值得期待」，期待您也打開這本書，閱讀和親近海洋。

逐夢、築夢的足跡與勇氣

臺灣護聖宮教育基金會董事長
林肇睢

阿里山小火車，燒炭吐濃煙，烏黑雲霧中，雖傳送遊客的笑聲，卻也勾起臺灣人對三大林場遭受浩劫的痛苦回憶。我們沒有第二個六十年，針對廖鴻基老師大半輩子的時光，投入臺灣海洋生態的保育，非但報以讚歎、欽佩的掌聲，更是為傳揚他個人愛鄉愛土無私奉獻的行為不遺餘力。值此《23.97的海洋哲思課》新書發表前夕，獲邀寫序，雖感榮耀，卻由於個人文筆淺陋，自然內心惶恐、憂慮，深怕壞了一鍋粥，但念及廖老師的偉大精神，個人就不畏眾口批責，奮勇提筆嘗試。

國際產業經濟發展瞬息萬變，尤其近半年來武漢疫情衝擊，破壞各國人民的生活步調，加上（澳洲）森林大火、（中國）豪雨氾濫、（非洲）蝗蟲肆虐，各項難料的天災地變，陸續登場，顯然我們已經深刻見識大地反撲的威力，因為我們人類太自私，過度消費這個地球。雖然各國學者專家近年來大聲疾呼，經濟發展分為兩個面向「投資過去與投資未來」，並以耗能、排碳多寡為分界線；同時產業發展主流趨勢，皆以「節能減碳、休閒觀光」為主要目標，但是千金難買早知道，當這些新的研究報告出爐並全力鼓吹各國政府、產業經營者同步追逐執行時，似乎在與時間的賽跑中我們落後了一大截。

一九五七年出生的廖鴻基老師，年齡六十有幾，若以現代人的生活價值，早已兒孫繞膝，享受退休後的悠閒生活，況且他在三十五歲才投入討海人的職場，至今也近三十年，非但沒有看出他的倦容，反而見到他為臺灣海洋生態環境奮力向前的足跡，尤其親身體驗東西海岸環境觀察，資料收集，彙集出一本《23.97的海洋哲思課》的鉅作。真令人無法停止對他的精神欽佩，並持續誇獎讚美的掌聲。

即將出版《23.97的海洋哲思課》新書，藉由對花蓮港紅燈塔、埔里地理中心碑、芳苑王功燈塔三個塔碑地標串連而成的橫軸線，正是北緯23.97度，且正中央是由三千公尺以上海拔的山脈切割為差異化的東西海岸，整體景觀上，東側適合大海捕撈、船舶隨時進出順暢，海浪洶湧、晨曦柔美；西側適宜養殖，溼地底棲生物、貝蟹捕捉、漁船進出須待滿潮，且看不到海浪，每天可見到豔麗的夕陽折射海灘，讓人讚歎落日餘暉之美。全書對臺灣島三萬六千平方公里，光在23.97的北緯橫軸上的東西兩側有了非常詳盡的論述與描寫，雖未能身歷其境，但文筆的流暢，用字遣詞的深入淺出已讓我們如身在岸邊，親觀白浪翻騰，腳踩沁涼的溼地泥灘一般的真實感受。很多人居住臺灣，並開口閉口愛臺灣，這本最精緻的海洋哲思課鉅作，真的不可錯過擁有並精讀的機會。

火車的汽笛再次響起，阿里山鐵路讓大家讚賞亞洲少有的高山觀光鐵路，現代人坐在車廂中享受搖晃、彈跳及撲鼻的芬多精，但可有想起臺灣阿里山、太平山、八仙山三大林場原有的數萬棵甚至數十萬棵十人及二十人牽手環抱的千年巨木瞬間消逝在人類生活的慾望中。《23.97的海洋哲思課》一書正在描述我們現在擁有的，在口舌言談愛臺灣之間，必須身體力行去了解這塊土地，並用心去關懷它、保護它，因為地球浩劫、天災地變的各項狀況，正是我們過度破壞這個環境的寫照。小火車漸次遠揚，我們這一代不願留下許多無法抹滅的深層追憶。

推薦序3

樂於挑戰自我的海洋冒險家

黑糖導演 黃嘉俊

廖鴻基不只是我在紀錄片電影《男人與他的海》中的主角，也是我的忘年之交。

二〇一六年我們在臺灣東部太平洋上，花了七天朝夕相處在一片狹窄的舟筏上，最後成功完成黑潮101漂流計畫後，便又接著一起踏上許多不同的旅程。

廖大哥不受年齡限制、也不自我設限，總是帶著好奇心並維持樂在學習的狀態。大部分人是越老越保守，但他恰好相反。隨著年齡、生命經驗以及經濟狀況的累積，他反而越活越開，更樂於去嘗試和挑戰過去沒辦法或是來不及體驗的新鮮事。

因為我有另外一個身分是滑雪教練，他得知後，也表示對滑雪非常有興趣，但他不像大部分人只放在嘴巴上或擱在心裡沒去實踐，而是立刻化為實際行動，冬天一到馬上報名跟著我飛去日本學滑雪，不論站起來有多難，摔起來有多痛……都嚇不跑他。最後結業時，他甚至滑得比同班上其他許多年輕的小夥子好。後來當我告訴他，我為了練好滑雪，用跑馬拉松來鍛鍊腿力，他聽了也立刻身體力行，買了一雙便宜的跑鞋，不管來到哪個城市或鄉鎮演講和落腳，也都一定會出門跑步，並保持每天固定跑上十公里的習慣。

他的毅力驚人，生命的韌性更令人佩服，這也難怪他能不論風雨巨浪，一路走來，完成了這麼多計畫，累積了這麼多精彩的寫作！

這一次，廖大哥的新書更是帶來新的命題，透過北緯23.97這條穿過臺灣地理中心的命運之線，讓我們跟著他從東部跨越中央山脈，來到臺灣西部面對海峽的彰濱。彰濱這個地名雖然常出現在新聞，但對許多西部人來說，卻可能還是相對陌生的所在。

所有熟悉廖鴻基的讀者，對他的印象就是臺灣東海岸的代表，鯨豚的使者，身上永遠有股太平洋吹拂過的海味，是奔馳浩瀚遠洋的冒險家。但這一次，透過他的眼他的筆，讓我們看到相對比較少出現在臺灣海洋文學裡的西部海岸，在他帶著豐沛生命力的筆觸描寫下，感受與收穫格外不同。

臺灣這座海島，東西兩面，太平洋和臺灣海峽的性格與風情截然不同，但沒想到，同樣一個人，在面對不同的海洋風景，也會展現如此不同的情感輪廓。這是我在這次新書裡看到廖鴻基不同過往的模樣，更深深體會到大海給人的另一種能量與魔力，希望各位讀者同樣也可以感受到！

自序

透過環境自覺，閱讀臺灣

高山縱列，北迴歸線攔腰通過，緯度跨熱帶與副熱帶，西倚東亞陸棚，東望太平洋，板塊擠壓，地勢拔高放深，造就臺灣有深有淺且極其多樣的邊緣交界性環境與生態。

山海區隔，臺灣這座海島，不僅「東西大不同」，「南北差異多」，而且幾乎是「一方一特色」。

儘管面積三萬六千平方公里的臺灣已經不算是小島，但海島環境究竟規模先天不足，陸地面積有限，陸域自然資源有限，這是島國無可豁免的宿命。然而，老天給了我們開闊豐富的海洋，給了臺灣多種多樣的環境、生態以為彌補。環境與生態的多樣，有利於多種產業和活動，並且易於累積形成多種多樣的特殊文化。

大有大的豐厚，小有小的微美，老天給的生活舞臺，有優點也有缺點，與其責怪命運，不如更進一步充分的自我了解，並據以為發展判斷，就是所謂的「環境自覺」。

海島面對海洋，形勢自然開放，開放產生流動，流動必然多元，多元社會則需如海一樣的包涵態度，來達成彼此微妙的平衡。臺灣各種自然資源規模雖然不大，但島上的環境與生態處處呈現微妙珍貴的平衡狀態。

海洋環繞及多種多樣，是臺灣的兩大特質，亦是我們發展上的兩項絕對優勢。但這兩樣老天給的恩賜，我們不一定能夠悉數享有。

海洋就在島嶼周邊，但種種因素讓我們社會習慣看不見海。照理說，應該是海島門面的海岸線，被我們當成是島嶼的邊陲角落來糟蹋。島國社會應該具備對海積極進取的態度，長久以來被消極被動的慣性、惰性思維所取代。我們社會，好像看不見也看不懂自己的基本體質。

海邊跟我們實際距離不遠，但隔閡深遠，顯然，久而久之我們已經習慣自己是個不合理的海島社會。有位船長看了臺灣社會對海的諸多亂象後，感嘆的說：「海看了這麼多，還學不會海的開闊嗎？」

《23.97的海洋哲思課》用同緯度的兩座燈塔串接花蓮、彰化兩個地方，並從生活探索和實際經驗，來對比高山兩側兩個縣市的海岸到海域，關於環境的、生態的、人文的繽紛差異。

有位哲學家說：「大思考需要大景觀，新思想需要新位置。」這部作品提醒我們，走出去、航出去，換個位置、換個視角的必要。視角改變視野將跟著改變，思想及情感也將跟著不同。

《23.97的海洋哲思課》兩座燈塔，兩個地點，一道緯度，牽連出臺灣更立體的面貌。藉這部作品的出版，鼓勵臺灣社會進行更多的自我探索，如書中所述：「除了家鄉，以實際行動多認識臺灣的另一座城市、另一段海岸或另一片海域，經由探索，透過環境自覺，來閱讀臺灣更立體、更深沉的身世。」

目錄

第一章 山海環境

第二章

海岸

第三章 漁業

第四章 鯨豚

第五章 去蕪存菁

第一章 山海環境

第一節

限制或延伸

生長於一邊山、一邊海的東部小城花蓮。

我的家鄉，山海圍繞。

花蓮西邊是高聳蓊鬱的中央山脈，東側是地球上水域面積最大的太平洋，我的生活範圍，大抵落在山、海之間大約五、六公里寬的洄瀾沖積平原上。

生活在山海框圍的環境底下，我常覺得，西邊是一道難以翻越如高牆似的屏障，東側則是無垠無界一去千里，宛若天險阻隔的茫然大海。

如此窄隘的環境底下過日子，年輕時常懷疑，是否自己的發展機會會被現實環境所框限，會不會這輩子都像是被綁手綁腳般無法伸展。

於是，心底常有好奇，山嶺後面會是哪裡？無盡大洋的盡頭又是哪裡？好奇心一旦萌芽，生命悄悄啟動的就會是想要突圍限制的動物本能。如此「不安於室」的念頭，讓我年輕時喜愛登山。內心時常有股衝動，想離開既定位置，想攀爬到山頂上去看看山稜線後面是否有個讓人驚喜的新世界。

同樣的好奇心，三十歲過後，我踏上甲板，航行出海。

山海究竟是天險阻隔，
還是展望未來的通道？

登山及航海，「走出去、航行出去」等突圍限制的意念，伴隨著我這輩子的成長腳跡。

因為經常變換位置，我發現，當視角改變時，視野必然跟著改變。當視野改變，對環境、對家鄉的感情自然變得更多元也更深刻。

登高和離岸，除了發現新世界外，也讓我有機會以不同角度和不同感情重新看見臺灣。

山海花蓮

無論是「山海花蓮」，或「大山大海的臺灣」，生長在這樣的島國，臺灣的生活環境注定有山有海。山海環境對我們來說，究竟是天險阻隔？抑或是展望未來的通道？

關鍵似乎在於我們如何看待老天給的這片海、這些山脈、這塊土地和這座島嶼。當環境被我們認為是先天限制，山海便會是高牆深淵，阻礙我們通行，若能在認知上調整對應的態度，我們就會鼓勵自己以積極且進取的精神跨山越海，不停向外探索，延伸自己的生活範圍，延伸自己的見識，也延伸島國社會向外發展的機會。

洄瀾灣與花蓮溪口

第二節 一段航程

二〇〇三年組成工作團隊執行「繞島計畫」，我們租用一艘二十噸賞鯨船為工作船，以一個月時間將臺灣航繞一周。計畫用意在於突圍海島限制，讓臺灣社會對疆界的思維，從傳統的陸地海岸延伸到沿海，並藉以宣示，海洋應該是島國社會重要的生活領域。

工作船繞過花蓮港紅燈塔後邁浪望北航行，經過好幾個海灣和鼻岬，越過好幾段景觀不同的海岸和河口，也泊靠了好幾個縣市好幾座各有特色的漁港，我們繞過臺灣頭頂的富貴角，船隻左轉朝南繼續航行。

我們從臺灣東部太平洋海濱出發，繞過臺灣頭頂，算是已經航抵臺灣西部臺灣海

清水斷崖下的漁船

峽這一側海域。夥伴們發現，船舷邊熟悉的墨藍水色逐漸消失，替代的是帶點靛綠色調的青藍色海水，甚至有些河口或近岸水域，還看見不少整片帶著灰黃色調的混濁海水。

春季常見於東部海域滑翔於海面的飛魚，以及尾隨追獵的鬼頭刀，在西部航程中完全絕跡。甚至，海上回望陸地的景觀也有了翻轉變化。

東部沿海航行回看陸地時，眼裡出現的通常是高聳的鬱藍山脈，成排成列的站在海岸邊，而西部海域航行時，特別是過了臺中大安溪口以南的這段航程，工作船沿著二十公尺等深線往南航行，幾乎完全看不到岸上任何山脈的蹤影。

臺灣這座海島不算大，我們航繞半個臺灣抵到中西部海域，航程約莫五百公里，但船上每位夥伴，此時單憑感官直覺也能清楚感受到，臺灣東、西部呈現的是完全不同的航海景觀和氛圍，說是截然不同的兩個世界一點也不誇大。

深淺落差，水色迥異，
航行的景觀與氛圍根本兩個世界。

航行途中我常在想，臺灣東西兩側為何會有這麼大的不同，是山脈南北縱向刀剖似的隔閡所造成？是東西兩邊人口密度的差別所致？還是因為海床深淺落差而形成？

當我們沿著臺灣海峽往南航行，底探儀顯示的船下水深，不再是東部沿海航行時尋常可見的數十公尺甚或數百公尺，而今船下水深，一不小心就會跳出個位數值，有時甚至是淺到足以妨礙工作船航行的安全水深。這讓習慣於東部深水海域航行的船長特別謹慎把舵，開船神態戰戰兢兢。

回想過去，曾經無數次航行於花蓮清水斷崖下，船隻離岸約莫三十公尺，崖下濤聲瀝瀝在耳，但底探儀打出的船下水深竟然還有七、八十公尺。

繞島工作船在大肚溪河口附近遇見一艘海巡署巡邏艇，這艘巡邏艇還特地駛近我們船邊，用擴音器提醒，小心前方河口淺灘，警告我們，退潮時船隻若不小心撞上，會有掛底擱淺的危險。

東、西部海域航行，空間感差別也很大。通常只要天候晴朗，東部海上視野經常清朗曠闊，而西部海域航行時船隻周遭所見，常見一片煙靄矇矓。不曉得是因為春季空氣中的水氣重，還是因為人口密集，因為工廠或生活廢氣排放所造成的空汙霧霾。

繞島航程的第十四天下午一點多，灰濛視野中，岸緣出現一座高聳的燈塔。這座燈塔黑白兩色直條相間，八角柱塔型，相當醒目。這是座落於彰化縣芳苑鄉的芳苑燈塔。這座燈塔因為位置在王功漁港邊，也稱王功燈塔。

確認是醒目的芳苑燈塔地標後，船上夥伴們一陣歡呼。「繞島計畫」航程過半，我們終於完整的航繞了半個臺灣。

工作船在曲折的進港航道中彎繞

繞島工作船在在地漁筏帶領下進王功港

退潮後完全乾涸見底的王功港

漲潮淹沒，

退潮裸露的候潮港。

這天，工作船將航進王功漁港泊靠整補，儘管芳苑燈塔標示如此顯眼，但我們往岸緣方向看過去，沿海密密麻麻全是露出一段竹竿頭在海面上的蚵架。

工作船沿著整排蚵架邊緣徘徊了好一陣子，卻是如何也找不到進港的航道。

除了水色，除了觀感，中西部與東部沿海十分明顯的航行差異，就是潮差。這天的航程規劃，我們必須趕在滿潮時段航抵王功漁港，否則退潮後的航道會因水深不足而無法進港。

工作船如預期規劃，在滿潮時分準時抵達王功港外，但這時滿潮的海水也淹沒了裸眼可以辨識的進港航道。儘管船上的衛星定位儀（G.P.S），在螢幕上顯示了一道明顯的入港航道，但我們眼看著被定位儀指出的航道上，除了整片竹竿頭密布外，還大片濁浪濤濤，看起來根本不像是航道。

船長不敢冒然嘗試，只好電話聯繫，商請一艘王功港的漁筏，出來引領我們進港。

我們知道臺灣東部面對太平洋這一側的大大小小港口，進出港幾乎完全不必顧慮漲潮或退潮，更不需要協調在地漁船出來領航。

但西部不少漁港，不僅得等候潮汐進出港，而且只要經過一次颱風或豪雨，進出港的航道，便可能如重新洗牌般大幅改變，而船上的衛星定位儀根本來不及更新。

王功漁港或西部許多漁港，是個若無當地漁人帶領，外來船舶將不得其門而入的漁港。

領航的在地漁筏帶領著我們的工作船，彎彎繞繞了好長一段，有點像是在迷宮裡打轉，好不容易才將我們帶進王功漁港。

這天夜裡，我們看著芳苑燈塔每五秒鐘一閃的燈光，輪流照在工作船甲板上，王功港退潮後，竟然是整座港床乾涸見底，像一池子抽乾了水後的大漁塭，港裡的漁筏橫七豎八的貼底平坐在漁港港床上。我們工作船是尖底船，所以這時船身大約十五度側傾，儘管船長調整了繫岸船纜，工作船依然是傾斜著甲板，整艘船斜坐在底床泥濘裸露的港池子裡。

東部海域從來不曾有過的潮差經驗，不只是船上來自東部的夥伴們，我想工作船如果有知覺，應該也會嚇一跳吧。

有了這一幕經驗，大夥們更是不禁驚呼：「啊，東西果然大不同。」

彰濱線西區

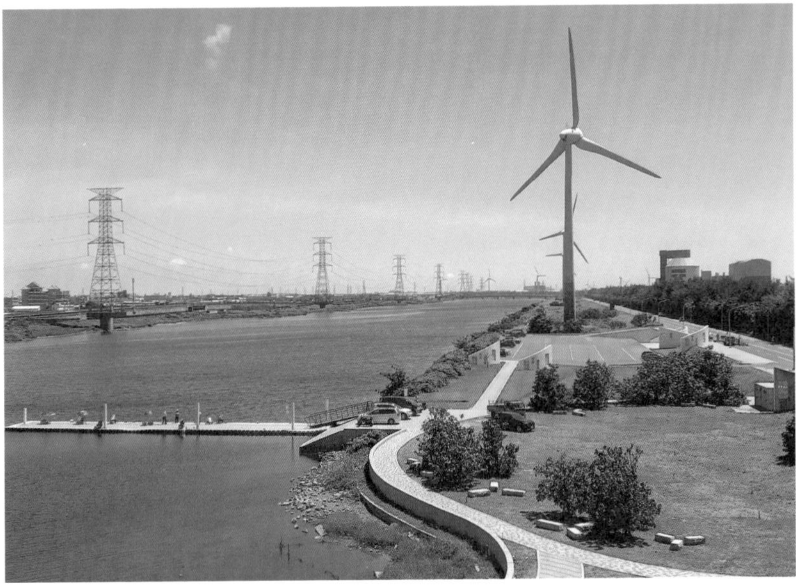

彰濱線西慶安水道

芳苑燈塔

第三節 舞臺

幾年前有位朋友去英國念英國文學，指導老師與他初步聊過後對他說：「先去把英國的自然和地理念一遍，我們再來談英國文學。」這位朋友感到納悶，心想：「我是來念文學的，為何叫我念地理、念自然？」

有人說：「人生是一場莊嚴的過境。」過境兩字中的「過」字，指的就是「經過、通過」的意思，指的是：「人類是地球上的過客，我們的一生將在這顆星球上度過。」而「境」字，指的就是地球，也就是我們生活的共同環境。

如果以「人生是一場戲」來形容這輩子，那生活環境也可稱為是我們這輩子展現生活的「舞臺」。而文學的定義之一，其實就是人與萬物在一片特定舞臺上所展演的各種故事。去英國念書的這位朋友，許久以後才慢慢了解，指導老師要他先念地理和自然的原因。

環境是人文的載具，亦是所有生命的根基，是故事附著的舞臺，更是承載萬物的母體。當環境破壞引發的環境快速變遷，不難想見，將如同「皮之不存，毛將焉附」、「覆巢之下無完卵」等字句的深意所顯示的窘境。

環境的重要，在其根基性，當根部敗壞時，垮掉的將是「全盤皆墨」的結局。所以，環境關懷不是時尚，不是流行，更不是為了顯現社會階級的標章，環境關懷是環境底下所有生命的基本責任。

山海都是我們的舞臺

第四節 基本情意

多年來因為海上生活，並以海洋為文學創作領域，作品所描寫的，自然也就落在海洋這片舞臺上所展演的人與海、人與海洋生物的各種故事。拙作中，有些篇幅，提及我們海洋環境、海洋生態的問題，也有些篇章呼籲我們海島社會必要轉過頭來關懷海洋。

於是，有些朋友稱我為「海洋環境生態守護者」，也有些文學或生態評論者認為，我從討海捕魚到關心鯨豚生態，從海洋獵者「進化」到海洋生態關懷者，是對海洋態度頗不尋常的一百八十度轉變。

這些認知或評論自有其觀點或論述依據，但我必須強調，這些評論依據的基本邏

海洋關懷是島國人民的基本情義

輯，似乎是將漁人、獵人視為是環境、生態的破壞者。

我們都曉得，每個領域裡良莠不齊，難免都有好壞善惡，好的漁、獵人，因實地接觸和緣自生活第一線的深入了解，往往具備良好條件來成為優秀的環境生態守護者。我曾在書本上讀到，「一個好獵人，很可能就是一個好的生態守護者，因為他必要護守他的獵場，必要尊重他的獵物。」

我們社會，往往因為漁、獵的獵殺行為，就將罪責的帽子套在他們頭上。

漁人、獵人是一種專業，他們並不帶著原罪，更不是代罪羔羊。

濫捕、濫採和消費者無知的濫用，才是環境生態敗壞的關鍵。

不少讀者問我：「你寫了一些魚的動人故事後，還吃魚嗎？」當我毫不考慮的回答：「魚產至今仍是我的主要食物。」他們意外我會這樣回答，接著問：「你書中寫到，上輩子可能是一條魚，為什麼還要繼續吃魚？」

我愣了一下說：「海水裡絕大部分的魚，為了生存，其實一直都在吃魚。」吃食或獵食，原本是食物鏈上、下層為了生存的自然行為。人類是食物鏈高層，我們的祖先也是天生擅長於使用工具的獵人或漁人，我認為，捕魚吃魚根本沒問題，但獵者糊里糊塗的濫捕或消費者糊里糊塗的亂吃，就會出很大的問題。

面對魚產，我們想到的通常是如何料理跟好不好吃，很少考慮到如何捕撈或適不適合當作海鮮魚產，標準的腸胃型思維。

受訪時也常被問到：「請你談談關於從漁夫身分，轉而成為海洋環境生態守護者的心路歷程。」

我的回答往往是：「我真的不是海洋生態守護者，之所以關心海洋，主要是因為朋友對我好，我會善待朋友，這是友情；父母養我、育我，我會孝順父母，這是親情；誰對我好，知恩圖報，我就會回報於誰，這是每個人人性中的基本情義。」

清楚意識到自己從環境生態中獲得什麼好處，並帶著知恩圖報的情懷，就是「環境自覺」。

我們生活的這片舞臺，環境及生態提供我們成長的生活空間，提供我們陽光、空氣、水等基本生存條件，也提供我們五穀雜糧蔬果魚肉等多樣食物。生命是父母給的，但出生後的成長過程，有許多生存、生活條件是這片舞臺給的。

當一個人能清楚自覺，受到多少周遭環境和生態系統所支援的生存及成長養分，從生存的、生活的，甚至到生命層次的多樣養分和機會，自然而然，我們會想要有所回報，想要回饋於生養我們的環境與生態。

我對海洋環境、海洋生態的關懷，不是追時尚、趕風潮，而是受海關照的島國人民對海應有的自然情義。

環境、生態關懷意識的源起，在於「清楚自覺」環境、生態與每個人的實質生養關係，當這樣的認知在心裡生成，也就是「環境自覺」意識的萌芽。

當一個人自覺渺小，清楚明白自己是周遭浩瀚的環境、生態給養大的，將會自然流露對環境生態的感恩與尊重。

我深受海洋眷顧，海上工作這些年來，覺得自己的生命質素、生命能力都增長不少，我真心喜愛海洋，將海洋生活故事給寫下來，而且，持續海洋書寫或從事海洋教育工作的最大動力，在於介紹海洋給更多並不親海的島國朋友，也想讓更多人開始對海感到興趣，並有了進一步接觸及學習如何尊重海洋的機會。

因此，並不太喜歡被「直視」為是海洋「環保」或「生態」人士，也不是「作環保」或「作生態」，我的海洋環境與生態關懷，不過是島國人民的基本情義。

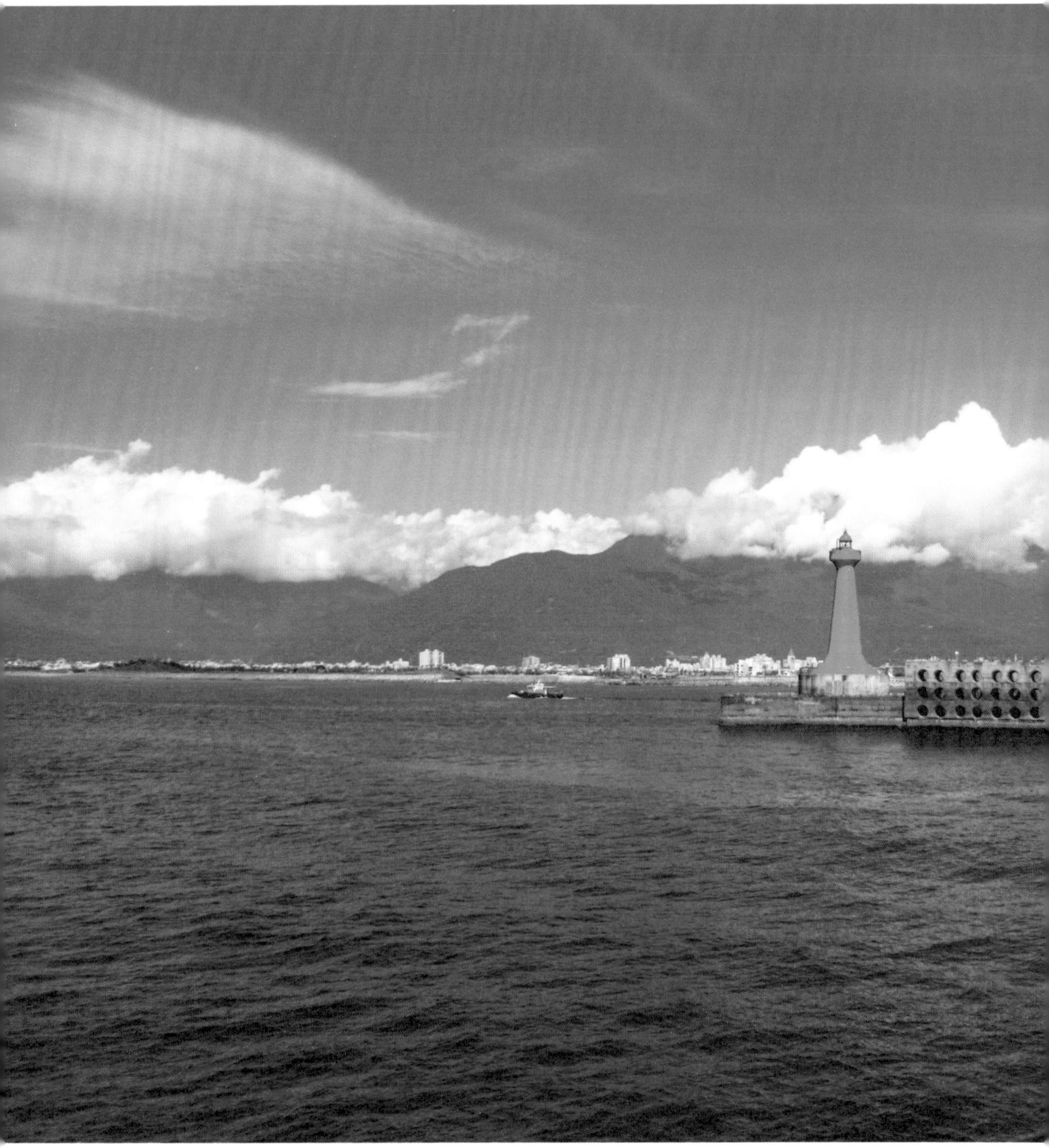

花蓮港紅燈塔

第五節

23.97

「23.97」不是電臺頻道，不是明牌，也不是通關密碼。

「23.97」這組數字，與花蓮港紅燈塔，與南投埔里被稱為臺灣之心的臺灣地理中心碑，與彰化芳苑鄉的芳苑燈塔有關。

跨三個縣市看似無關的三座碑或塔，竟然可用一組數字來作串連。

是的，「23.97」是緯度，北緯23.97度，上述這三個地點的三座碑塔，恰好都落在北迴歸線北邊大約七十公里，攔腰橫過臺灣這道23.97度的緯線上。

臺灣南北的差異，特別是天候，北迴歸線（北緯約23.26度）是一道關鍵；臺灣東西大不同的主要原因，這裡我們就試著用23.97這道緯線來穿針引線。

臺灣23.97這道腰圍不過約一百四十公里寬，但上述這三個地點，因高山分隔，感覺彼此距離十分遙遠，甚至覺得這三個點各自獨立沒任何關連。

若不是曾經翻山越嶺，若不是曾經航海繞島，若不是有機會以不同視角和視野來觀看，難以想像，這看似毫不相干的三個點，竟然是同一條線上如同手牽手的關係。

日起的東半邊，山勢面海昂起，
西半邊的平原，日落般，斜傾望海。

繞島計畫工作船將近五百公里航程，從臺灣東部的花蓮港紅燈塔繞航到臺灣西部彰化王功港邊的芳苑燈塔，東、西這兩座燈塔間，直線距離大約一百四十公里；最短的公路距離，經中部橫貫公路連接東西兩邊省道，大約有兩百六十公里；但因為隔著三千公尺大山，「遠在天邊」的感覺，是心理距離。

如朝起和夕落，這道一百四十公里緯線，以南投埔里的臺灣地理中心碑為中心界隔點，東半段的七十公里中，除了寬度僅六公里左右的洄瀾沖積平原，其餘六十四公里全是高聳陡峭海拔高達兩、三千公尺以上的臺灣主脊大山；這是以高聳山脈為主體的臺灣東半邊。西半段的七十公里，地勢大幅西向傾斜，高度一千公尺內的淺山，大約占了其中三十五公里，然後就是綿延達三十五公里傾斜向海的寬敞中彰平原。

西部經濟繁榮人文薈萃，
東部天然景觀環境優美。

東、西為何大不同，這道緯線上的剖面圖（圖一），已清楚告訴我們其中重要原因。

高山、河川、平原、海岸、海域，臺灣這五大環境空間，如上、下游脈系相連相接，

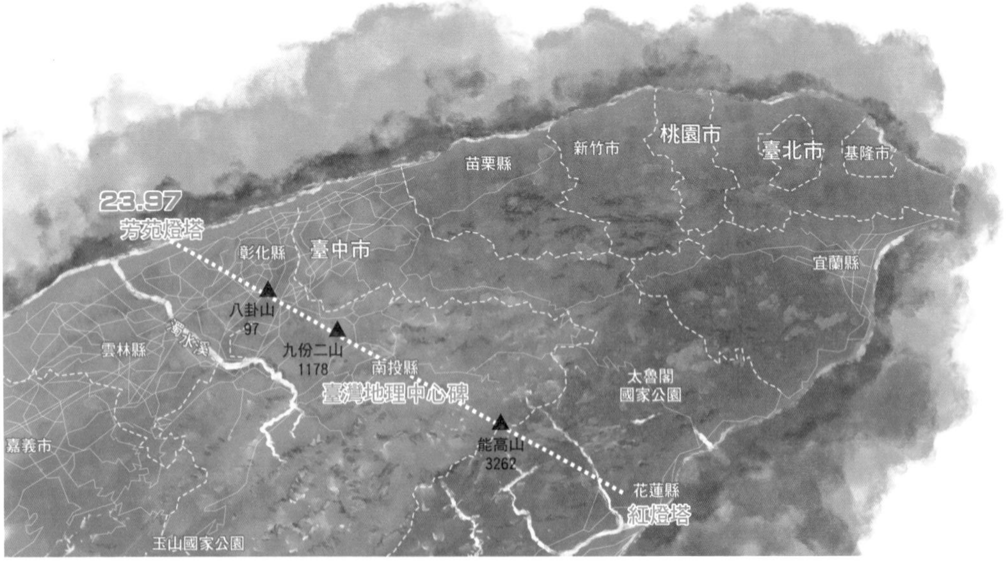

（圖一）攔腰橫越臺灣的北緯23.97度緯線

（圖一）已經告訴我們，高山、河川、平原，這三個屬於陸地上的空間，東、西兩邊有極大的地形差異，連帶到下游末端的海岸和海域，可想而知，無論環境、生態或歷史人文，都將天差地別。

專家說，「多種多樣」是臺灣環境、生態、文化的極大特色，如上述所言，「環境是人文的載具、故事的舞臺」，環境多樣的上游，影響中游跟著生態多樣、下游的歷史人文必然跟著多樣。

西部平原寬廣，人口集中，土壤肥沃，日照充足，無論工、商、農都相當發達，人類行為對環境、生態的影響，也將遠遠超過地廣人稀的東部。

有人曾對東、西部陸域差別作了比較後的概略形容：「西部經濟繁榮人文薈萃，東部天然景觀環境優美」，也就是西部以工商及人文取勝，東部的優勢是自然景觀。

陸地上的差異，我們生活其中不難感受到。這本書要談的重點是海岸和海域。商場有句話說：「隔行如隔山」，過去種種因素讓我們普遍與海有了隔閡，本書我們就以23.97這道緯線為引線，來分享東、西兩邊海岸和海域環境與生態上的差異。

第六節

地緣

記得小時候上臺北，帶我們前往的阿嬤總會說：「來去山前。」老一代花蓮人習慣稱花蓮為「後山」，稱西北部為「山前」。

直線距離來說，其實臺北與花蓮的距離，遠大於花蓮到彰化。但是因為中央山脈不容易翻越，問十個花蓮人，十個都會告訴你臺北比較近、彰化比較遠。在臺灣交通尚未便捷的半個世紀前，彰化對花蓮人來說，簡直是遙不可及的另一個國度。

記得小時候有位表嬸，自從嫁到彰化後，音訊杳然，如同人間消失。

我跟彰化的緣分，來自「同緯度23.97」，也來自我從小的好奇，「山的後面是哪裡？」

繞島計畫許多年後，有次在彰化的一場講座，提到這「同緯度」概念，提到想進一步認識彰化的海。於是獲得了「護聖宮教育基金會」的支持，為期一年，讓我每個月來一趟彰化海濱，在基金會所屬的生態園區「漢寶園」住個幾天，並由基金會朋友帶領，介紹我認識彰濱的環境和生態。

無論是「繞島」或後來的「漢寶園蹲點」，嚴格來說，都只是點到為止，都只是「後山人對山前」的一段探索經歷而已，情感或經驗根本無法如在地人的扎根深入。但經由這樣的地緣、人緣關係，至少對一個後山人來說，一山之隔同緯度的彰濱，不再是遙不可及且不相往來的陌生國度。

彰濱海牛

第二章 海岸

第一節

門面或邊陲

除了少數以觀光著名的海岸經常人潮聚集，臺灣大多數海岸，形勢荒僻，人煙稀少，形同邊陲。

個性不愛熱鬧，年輕時經常獨自行走偏僻海岸，假期有幾天，便在海邊像野人般流浪幾天。我發現，海岸是個十分獨特的空間，既是陸地邊緣，也是大海盡頭。海岸是一道彎曲的海陸交界線，不隸屬於海洋，也不完全歸屬於陸地。

或可這樣形容，海岸是海、陸兩造雙方都想擁有，但又無法完全掌握的三不管地帶。

沿著海岸線走一圈，一定會遇到許多河口，生物學家說，有許多種海洋生物將由河口溯溪而上，也有不少溪流裡的生物透過河口下海發展。

接著會遇到好幾座商港，我們可以從碼頭貨物的裝卸繁榮與否，來觀察當地經濟發展是蓬勃或是蕭條。

當然會遇到許多漁港，我發現幾乎每座漁港都有各自的漁撈特色，顯然臺灣魚類資源豐富，漁業發達。

儘管三不管，儘管仿若遺世獨立的海岸線，但上述的河口和港口，顯然都是海陸之間交流的門戶。看似不重要的海岸線，但它深刻影響海陸間自然生態的交流，也深刻影響沿岸國或海島國的政治、經貿、產業、歷史與文化。

海陸之間迤邐的這一道海岸線，可以是邊防界線，也可以是海陸相互滲透、相互交融、相互影響的一道交流線。

從史料中我們也能讀到，臺灣人民不管是哪一族，我們的祖先都是搭船渡海而來，通過海岸線登上這座海島。當然，不少外族也是經由海岸線侵略我們，因而許多防禦外來勢力入侵的戰爭，就發生在這道海岸線上。

一個島國，照理說若是對海洋有企圖心的話，至少會把沿海當作是當然的藍色國土來看待，若是如此，海岸線就不會淪落為島國的邊陲角落，而應該被當成是島國的門面來看待和經營。

「轉過頭來海闊天空」，改變的關鍵就是島嶼社會面對海岸的空間觀點。

海岸線到底是邊陲角落或是門面，將會是明顯指標，島國社會究竟是背對海或是面對海在發展。

背對著海的發展，就是將發展思維、發展重心放在陸地上，而海洋或海岸就會如同化外之地般被漠視。若是面對海洋來發展，島國社會將積極、進取，企圖擁有來自於海洋的各種資源和發展機會。

島國陸地天然資源有限，加上地狹人稠，鎖定在陸域的發展很容易遇到瓶頸，然而，老天很公平，給陸域發展有限的海島社會十分寬敞的大海作為彌補。

依島國的體質條件來說，臺灣並不適合發展重工業，但很適合發展國際貿易。因為重工業需要煤炭鋼鐵能源等等資源作為基礎，這些資源臺灣不足，但臺灣位居東亞海上交通樞紐，非常適合發展貿易和海運。

對環境充分自覺，我們將會明白發展優勢在哪裡。避開缺點，把握優勢，事半功倍。認識我們的海洋環境與生態，現實上來說，也就是進一步認知自己的發展方向和未來發展的優勢。

島國的發展重心應該是海洋，島國必須把海洋給加進來，才會有更大的發展機會和開展空間，也就是說，我們必要開始改變空間觀點，將海岸線當作是門面看待。

海邊不再是垃圾處理場，海濱不再是重汙染工業密集的濱海工業區，海邊不再是壅塞各種廢棄物的垃圾海岸，海邊將不再是如水泥長城般的消波塊海岸，也不再是偏僻荒涼沒人想要接近的邊陲角落。

海岸將成為海島「轉過頭來海闊天空」的門面。

門面或邊陲？

第二節

走一段海岸

之前好幾年在東華大學擔任「海島與海洋」通識課講師，每個學期都會帶學生上「航行體驗」以及「走一段海岸」兩堂戶外課。

課程目的當然是希望年輕人走出校園，體驗島國更寬廣的海洋和走一段我們的海岸門面。

每次帶學生走海岸，都會作課前提醒：我們將看見的海岸，會有美麗風景的部分，也會有被糟蹋成不忍卒讀的部分，這就是目前臺灣海岸美麗與哀愁並列的實況。

因為地質多元，臺灣海岸的地景、地貌也相當多元，多年來，個人曾經走過不少沙灘，走過卵礫灘，走過岩岸，走過珊瑚礁海岸，走過斷層海岸……當然，也走過消波塊海岸和充斥海漂廢棄物的垃圾海岸。「走一段海岸」成為課程的目的，是要讓學生實地感受，我們這座海島與海洋的關係。

行走仿若閱讀，學生們以腳以心來感受不同海岸各自不同的內涵，以及進一步思考海岸現況背後的緣由。

走在海邊，我們的鞋子很清楚，踩著不同地質的海岸，發出不同聲響。就像碎浪拍打在不同地質、不同內容的海岸，回應出不一樣的拍岸濤聲。

當我們閉起眼，聽見濤聲澎湃激昂，陣陣悶響仿若擊鼓，可以猜想，這應該是岩岸，閉著眼也能看見洶湧浪濤一次次沖擊岸邊岩礁，浪花激越，浪聲豪邁；這可能是臺灣東北部海岸。我們又聽見，濤聲滾滾，由遠而近，一趟趟破碎在平緩灘坡上，白沫嘈嘈推擠，發出陣陣瑣碎的嘆息聲，這是沙灘，這段海岸的位置可能在西部。我們也聽見過捲浪軒昂揚起，衝撲成灘上碎浪，帶動灘坡上的石礫嘩嘩滾盪，像一大鍋翻炒的豆子，這可能是花東海岸。

臺灣東半部和臺灣西半部的海岸環境，因為地質不同，因為海流不同，連發出的浪濤聲也相當不同，可想而知，兩邊海岸生態當然也就天差地別。

海岸如弦，海浪帶著音符往復穿梭，
生命繽紛來去，合奏一曲我們的海岸樂章。

環境、生態資源條件不同，人們靠海吃海，依賴海洋環境的生活方式就會跟著不一樣，沿岸居民所累積留下來的海岸生活文化自然也不相同。

走一段海岸，拍岸浪濤聲已如實告訴我們海岸的多元面貌，若是更敏感些，除了眼中的景觀和耳裡的聲響，因為鹽度和水溫的差異，海邊的氣息和氣味，也能讓我們進一步感知，東西兩邊海岸的迥異之處。

不管激昂澎湃或爾雅婉約，不同海岸的拍岸濤聲，聽起來有時是帶著愉悅節奏的奔騰，有時聽起來叨叨絮絮，像是在抱怨或泣訴。

我喜歡溫柔的沙灘，灘上和緩起伏的沙堆上，海風低空拂過，碎浪永不疲倦的往復敷抹沙灘的臉頰。我喜歡觀察卵礫灘上形形色色受浪掏磨得滑滑亮亮的鵝卵石。我喜歡觀察岩礁海岸退潮後的潮池，池穴裡往往留下無數比人為水族箱精彩萬分的海洋生物。我喜歡退潮後的彰濱泥質海灘，看不完的各種魚蝦蟹貝，以及被吸引前來覓食的各種水鳥。

當這些美麗的風景因為人為因素而被糟蹋、被破壞、被汙染時，走海岸的喜悅，瞬間被攔腰斬斷。如一場動人的戀情，愛人忽然轉身不見了。

走一段海岸後，中途休息，學生們坐在灘上安靜看海。或許他們已經明白，可回復的，當盡力挽回，有些不能回復的，感傷嘆息以外，當記取教訓。

走一段海岸

走海岸的時間在浪濤裡往復，我們記住了潮汐卻忘了人世時間。忽然想起，在我們還未來到這裡以前，浪濤滾盪，繽紛生命在此來來去去，有一天，當我們都離開之後，寄望海洋與海岸合奏的這首和諧的浪濤曲，仍然愉悅奔騰，眾多繽紛生命依然在此來去交融。

第三節

侵蝕與堆積

有人形容，我們眼裡看見的海岸線，其實是海、陸雙方長久拉鋸後所鋪陳的暫時平衡。

無論是由遠處脈傳而來的湧浪，或是鄰近海域興風作浪所引發的風浪，海洋時時刻刻激盪著拍岸浪濤。乍看之下，海洋似乎是個情緒躁動不安的攻擊者，而陸地則像是沉穩防守的一方。

小時候去海邊玩，常被告誡：別太靠近浪邊，會被海浪捲走。記憶裡，颱風季節時常聽見類似的新聞：某某堤防被颱風浪沖毀，海水倒灌，多少漁塭或田園被海水淹沒。傳統概念中，我們已習以為常將海洋當作是製造災難的麻煩製造者。

我們也許沒注意到，其實海水對陸地的作用力，除了表面的沖擊致災以外，其實還有默默搬運和堆積兩種力量。

因為常在花蓮七星潭海邊流連觀察，我發現，不同季節，灘坡上的沙石呈現出很不一樣的面貌。冬季浪大，大量砂石被帶著怒氣的捲浪給掏走，灘坡受浪侵蝕，被削成傾斜向海的一片平坦礫灘；夏天時，浪濤溫柔，上一季被掏走的砂石又慢慢的被海浪還回來。夏季的七星潭海灘，在臨海處堆起像額隆般隆起的砂礫堆。

海灘似乎也會換季，不同季節換穿不同款式的衣裳。

海洋到底如何處理這麼大量砂石季節性的掏走和歸還？我常好奇，幾十輛怪手、卡車一起在海灣作業幾個月，恐怕也很難鏟挖出如此讓海灘景觀變異的砂石量，而海浪不會冒黑煙，不須燃油耗能，輕易便能達成這樣的任務。我也常想像，是否海洋在冬季時，收取灘上曝晒一季的砂石到海水裡清洗，洗乾淨後，在夏季時，還給岸上晾乾。

冬季侵蝕，夏季堆積，海洋似乎不是我們過去所以為的，是個只會侵蝕的暴徒。

我又進一步想，今年被海浪還回來的，跟去年被掏走的，會是同一批砂石嗎？還是已經換了全新的一批？

來自風浪如刀削似的侵蝕，
又相濡以沫如和暖問候般的一粒粒堆積。

海洋像是無比浩瀚的一缸大池子，任何外力作用，都會造成這池水的不安晃蕩，持續吹拂的風、太陽和月亮的引力產生的潮汐現象、海底火山爆發、海底板塊位移引發的地震、大氣壓力變化、海面高低差異、水溫差異等等，這些因素將引發海水的波動和流動。

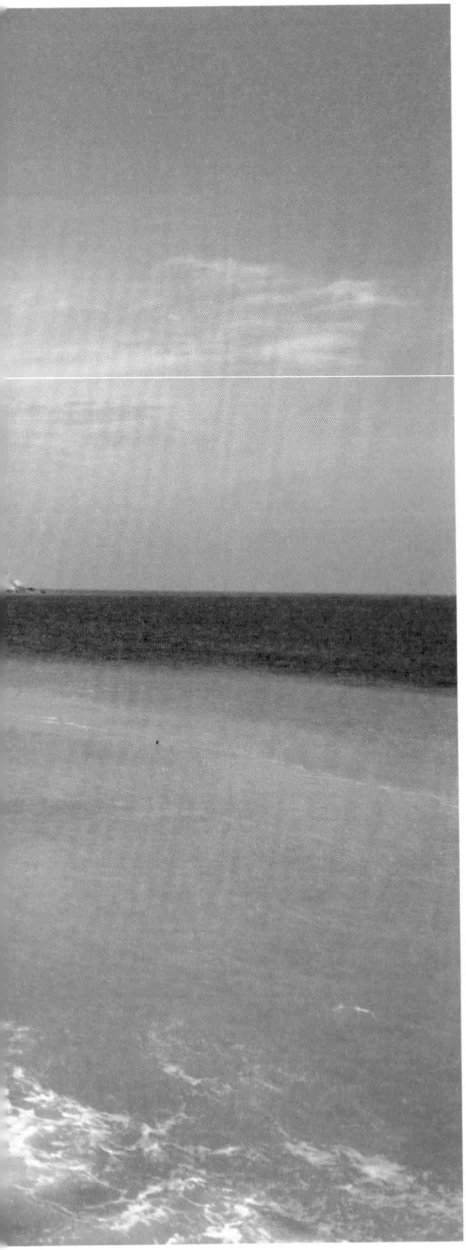

花蓮海岸

這些年從海邊觀察所感知的許多想法，其實就是大海藉由波浪（風浪和海流），發生在我們海岸邊的沖擊、搬運和堆積。

臺灣東部海岸的形成，主要是太平洋海板塊推擠歐亞大陸板塊的分界線，這一推擠，除了地震多，也造成東部沿岸山脈高高隆起，並整排站在海邊，同時，也造成水面底下海床快速陡降，形成「斷層海岸」。

山脈擠壓隆起，岩脈破裂，處處節理，地質錯動又造成四處斷層，我們的山脈地質脆弱，經常崩塌。每每颱風、豪雨或地震，都造成大量的土石崩塌。

這些崩塌的土石，有些直接落海，有些掉落在河床，再被河水攜帶，沖出河口。

東部沿海海床陡降，海域深邃，屬於地球環流等級的黑潮，近岸流過我們沿海。流速、流量都相當驚人的黑潮，加上由闊步大洋累積成勁道十足的太平洋長浪，日以繼夜不停沖擊東部海岸，造成東部大多數海岸為侵蝕形海岸。

來自遠方的長浪又稱湧浪，只要持續風向的風一定時間的吹拂，海面便會形成風浪，風浪藉由水體上下湧蕩，其能量就會在水體波動間脈傳前進。面積越大的水域，越容易累積高能量的長浪。當長浪湧到岸邊，水體下緣與陸地摩擦，浪頭往前翻跌，浪峰彎曲成捲浪，撞到海岸，破碎成白沫碎浪，沖撲到灘坡上。

湧浪、捲浪、碎浪，在海岸邊不斷往復來去，這就是東部海岸波浪運動的基本場景。

這些隨河川沖下海域或直接落海的土石，受海流搬運、篩選，然後在不同的海岸沉積，成為沙灘或礫灘。另外，海洋波浪與河川水流交互作用，也堆累出一些河口沖積平原。

地震多、颱風多，特別颱風首當其衝帶來的狂風巨浪，經常直接衝擊花蓮海岸。侵蝕、搬運、堆積，是花蓮海岸形成的基調，海岸常見的地景有：斷崖、岩岸、海灣、沙礫灘、粗礫灘，以及河口沖積平原。

以山脈高度換取廣浩的西部平原和海岸。

東部山海地勢挺拔深探，是上、下震盪延伸出來的厚度，傾斜成西部平原地勢，造就了西部豐富肥沃的橫向延伸。

隔了高聳縱列的中央山脈，臺灣西部海濱躲過大部分颱風強烈風勢和巨浪的直接

漢寶溼地

侵襲，西部海岸的形成與樣貌看似與颱風無關，其實關係密切。

颱風是個扁平的渦旋環流，因為科氏力作用，北半球颱風都是逆時鐘旋轉的氣旋。當颱風接近或直接登陸臺灣，低層環流受到臺灣高聳山脈的摩擦，環流受到破壞，威力減弱，中央山脈保護臺灣西部免於受到颱風大洋闊步累積巨大能量後的當頭棒喝。中央山脈因攔擋颱風威力有功，近年來常被網友讚譽為「護國神山」。

颱風登陸後，其摧枯拉朽的猖狂威力，絕大部分踩踏在山脈東部的宜蘭、花蓮和臺東，當颱風中心越過中央山脈後，颱風環流被山勢破壞，風勢威力如魂魄消散，強度驟減，剩下的主力是降水。颱風的超大豪雨，將以逆時鐘方向大量降在山脈西側，造成西部山區嚴重的土石崩塌（土石流）。

對比東部的隆起面，臺灣山脈在西側成為大量崩塌的傾斜面。

崩塌的土石，隨洪濤滾滾經由河川搬運沖往下游，一路沉積，最後，沖出海岸。

東部土石崩塌，經歷短短河川路便出了海，西部崩塌的土石，可是長途在河川裡扣扣碰碰，沖出河口時，大抵已碎裂成細沙甚至是泥沙。

細沙質輕，海域裡隨著海流南來北往，成為西部沿海漂沙。最後，隨著潮浪推向岸緣，在地形平坦處沉積、堆積。

不僅西部海岸，西部平原的形成過程也相類似，是由山區土石崩塌然後一粒沙一粒石，經年累世堆積而成。

因大肚溪和濁水溪上游山脈岩質較為鬆軟，因此在地形平坦的彰濱，沉積成十分特別的泥質海灘。這裡泥濘的潮間帶往往達數公里寬，形成一大片寬闊平坦的漲潮時淹沒、退潮時裸露的潮汐灘。

海浪面惡心善，經常揮舞著它的浪濤砍刀，不停嚷嚷的砍向我們的海岸。其實它也默默行善，將侵蝕搜括來的砂石，在水底下清洗、搬運，然後在適當時機、恰當地點，鍥而不捨的一粒粒還給陸地。

有多少侵蝕，就會有多少堆積。

幾分像是劫富濟貧、、行俠仗義行善不欲人知的俠士，我們這位海洋俠士，讓臺灣的海岸線看似隨浪變化消長不定，卻是一道受浪維持著的平衡狀態。

第四節

鳳凰

二〇一四年夏末秋初，秋颱鳳凰款步迫近臺灣。

當鳳凰迫近臺灣尾海域後放慢腳步，捏扭徘徊似在猶豫，到底要走颱風慣常走的東部太平洋路線，或新闢途徑改走臺灣西部。氣象預報說，鳳凰是個侵臺路徑十分詭異的颱風，極有可能選擇西部路線，也就是從恆春半島登陸後，沿中央山脈西側北上。

無論如何，鳳凰有可能成為巧妙繞過護國神山，仍保有足夠威力來威脅臺灣西部的少數颱風。

颱風警報發布這天，我恰好在彰濱漢寶園參加為期兩天的生態研習活動，心想颱風威脅在即，主辦單位對於辦在離海堤不過五百公尺濱海園區的活動，應該會因為

颱風警報而喊停吧。

課間休息，我問了幾位彰化朋友：「明天的活動，會不會因颱風取消？」沒想到，彰化朋友們回應的口氣跟表情相當一致：「為什麼要取消？」

彰化朋友的回應讓我懷疑，西部人對「颱風的認知」，跟東部人好像很不一樣。

記得小時候，多少次半夜被颱風淒厲的呼號喚醒，多少次全家大小合力抵住大門，為了防止門外的颱風惡棍破門而入，好幾次看著房舍的鐵皮屋頂被颱風掀翻，也看過兩、三層樓高的大樹被颱風連根拔起。

彰濱這裡的颱風前夕，只是風勢增強，不像在東部，颱風侵襲前常感覺的一股溫熱風形成的風牆堵在眼前。

更意外的是，活動主辦單位在傍晚宣布，隔日活動照常舉行。

傍晚下課後，彰濱朋友們大概是感覺我對「西部颱風」好奇，特地邀我到漢寶溼地海堤上「看風颱」。

海堤上只有我們幾個人，顯然彰化人並沒有到海邊看颱風的興致。

颱風浪猛擊堤防，激起高聳一樹浪花；
颱風浪不過是遠在天邊的一縷輕煙。

抬頭只見低空灰雲團團擁簇，似趕赴一場盛宴，匆匆往遠在島嶼南邊的颱風中心飛奔而去。海邊空曠，少了房舍和樹木阻擋，堤上風勢挺強。我們的衣衫下襬受風揚扯，紛紛發出風帆甩盪的篷篷聲，陣風大約八級。

意外的是，從海堤上放眼看去，竟然看不到浪，或者說，完全看不到海。適逢退潮，隔著約五、六公里寬的泥濘灘地，颱風前夕在東部海岸逞凶肆虐讓人畏怯的颱風浪，在彰濱這裡，不過是遠在天邊的一縷輕煙。

颱風天的彰化海邊，耳邊只有颯颯風聲，看不到浪，望不到海；彷彿西線無戰事；確實沒啥好看，難怪彰化人沒興趣到海邊「扇海風、看風颱」。

這時，若在花蓮海邊，儘管鳳凰颱風還遠在南部海域徘徊，也無論它未來走向如何，經過太平洋長浪脈傳過來的颱風威勁，肯定已經讓東部海岸激起狂濤捲浪。我們稱這現象為「弄湧腳」，意思是，遠方的颱風早已伸出它的海洋長腳，在我們的岸邊玩弄浪花。

臺灣東部海岸的颱風浪，可說是完全霸道，管你漲潮退潮，不看時、不挑日，也不管最後颱風是否登岸入侵，只要是颱風前夕，那激盪在海邊的浪頭氣勢，可說是完全凌駕、完全放縱、完全瘋狂。

記憶裡的颱風浪，總是攜著不善罷甘休的威勁，一路綿綿挺舉，高高揚著浪頭冒起的憤怒水絲，以大洋脈波，一記記扎實的扣撞岸緣。一陣悶鼓急吼後，浪聲破碎，灘上碎浪再以粉身碎骨的勁道，帶一片混濁的灰沫激流，衝上高灘。

彰化、花蓮之間高山聳立，東西兩隔，再加上寬敞的潮間帶，彰化海濱彷如受老天庇佑。兩邊颱風時的海濱景觀，猶如天壤之別。

心想，也許只是碰巧遇到退潮時分，也許等到滿潮，等待時機成熟再來看看，才能真正比較出東西颱風的不同。

夜裡，讓天花板跳踢踏舞的颱風，
天亮後的滿潮，不過成就了一池子的灰色湖泊。

那晚，我獨宿在園區西北角落的木屋平房宿舍裡過颱風夜。夜裡，風勢增強，輕鋼架天花板不曉得被哪裡灌進來的風，一塊塊掀起、落下，再掀起、再落下……砰砰敲打鬧了半個晚上。好幾次，我不安的開燈探看床下，儘管知道這裡有如此寬敞的「護國神灘」保護海堤，還是擔心滿潮時海水會不會決堤淹水。

一直鬧到半夜，陣風才見垂軟，天花板不再掀蓋子般跳踢踏舞。清晨雨停了，氣象報告說，鳳凰中心掠過鵝鑾鼻後，突然打勾回頭轉北北東出海，出海後再次轉北，沿東部近海北上。

鳳凰幾番猶豫後，還是選擇了比較適合興風作浪的太平洋路徑。早上九點滿潮，活動前把握時間趕往漢寶海邊，想看一眼漲潮時彰濱呈現的颱風餘威。

海堤上強陣風依然遒勁，海水果然滿到堤邊，五、六公里寬的泥灘地全被海水淹

漢寶園木屋平房宿舍

沒，海面濁波蕩漾，之間偶爾冒出一朵新鮮浪花，堤邊幾株水筆仔水面露出綠叢。眼前這一池子水竟然有波無浪，颱風現象在這裡不過是成就了一面浪花偶起的灰色湖泊。

這與我東部人的颱「瘋」浪經驗，完全無法連結、無法比擬。儘管颱風轉進東部，但這裡究竟還在暴風圈裡啊，海邊竟然沒有湧浪，沒有捲浪，沒有碎浪。

陪我一起來的彰化朋友，看出我的驚訝，連說了好幾次：「就這樣了，就這樣了。」意思是，彰濱的颱風景觀，頂多就這樣子了。

堤上哨所裡的海巡人員，連出來關心一下也懶得，不像花蓮那邊，總有海巡人員到處趕人離開海堤。的確也是，眼前這等風浪似乎也沒什麼好借題發揮的。

海堤內側是一方方文蛤池，跟平日不同，這時的池面好像被強勁北風吹得往南邊傾斜。池子北面受堤埂遮了強風，風勢受壓制，池面波波細褶風痕，而南半邊池子，受風激擾，湧聚成蕩漾不息的小風浪。

一群燕鷗在堤埂背風斜坡上擁擠站一排避風，彰化朋友好幾位是鳥人（賞鳥人），他們在望遠鏡裡討論，除了燕鷗，裡頭還有好幾隻某某鴴、某某鷸的。

第五節

漲退之間

潮汐是地球本身離心力，以及與月球、太陽之間互相作用的各種引力合成，所造成的漲潮或退潮海水運動。

臺灣海岸的潮汐大多屬半日潮，彰化和花蓮都是，也就是一天兩個漲潮、兩個退潮。每次漲退時間間隔大約六小時。

大自然中有許多像時鐘一樣的規律循環變化，緣自三個星球間的規律周轉，而有了白晝與黑夜，有了月兒的盈缺，有了季節循環。其中，漲潮與退潮，算是海洋時鐘。這些大自然的時鐘，讓地球萬物，從中取得各自不同的生活方式和生活節拍。

漲潮和退潮間，淹沒和裸露出的最大灘坡，稱為潮間帶。漲退潮間的海面高度落差，稱為潮差。資料上告訴我們：彰化潮差達四公尺，而花蓮僅有一公尺。

形成差別的主要原因，大環境來說，西部臺灣海峽是平均深度不到一百公尺的陸棚環境，而東部是深達五千多公尺的大洋海盆；細一點來看，彰化為平坦的沙洲海岸，而花蓮是陡峭的斷層海岸。

半日潮的潮汐是以六小時為刻度的海洋節拍，漲潮時間到了，海水漲上來擁抱陸地；退潮時間到了，雙方再如何捨不得還是得乖乖退回各自的領域。

海水漫來了，海水退回去，如季節循環，如晝夜交替，只是週期各自不同。人類主要生活範圍在陸地上，潮汐現象，對人們的影響主要是與海有關的各種產業和活動。以臺灣社會來說，一般人關心今天會不會下雨或需不需要多穿一件出門，遠多於關心今天是大潮或小潮。

對沿海或潮間帶生物而言，潮汐就是牠們的生活時鐘，就像有白天活動的動物，也有夜行性動物，有漲潮時活動的生物，也有退潮時才活動的生物，牠們幾乎是隨著潮汐時鐘在過日子。

滿上來或退下去，如海的呼吸起伏，
也幾分像是大海的心情起落。

來到海邊或港邊，無論東西兩岸，只要停留兩、三個鐘頭，便能觀察到潮汐現象。

花蓮海邊的潮間帶比較不明顯，漲潮時，感覺就是白沫碎浪追上來一些，退潮時也只是波浪退下去一些，像勤儉的小戶人家，好壞起落都有限度。彰化海濱大漲潮時，海水彌漫到堤防邊，淹沒所有的潮間帶；退潮時，海水退出我們視線以外，裸露出大約五、六公里寬相連到天邊一眼看不完的開闊潮間帶。彰化的潮汐，比較像暴發戶般的大起大落。

所以花蓮人，即便是討海人，也不大需要將潮汐時刻記在腦子裡。彰化人可不一樣了，要到潮間帶走走，必要記住幾點退潮，又幾點漲潮。若是不問潮汐冒然前往，恐怕會吃一記閉門羹，只能站堤防上望海興嘆。假使幸運遇上退潮，下去潮間帶活動若不知幾點漲潮，就會像個不知有所進退的人，即刻體會到大海翻臉無情的現實。

彰化出海的每一艘船，都要將潮汐銘記在心，隨興出海或一時疏忽，很可能就陷入可望不可及、有港歸不得的窘境。

划過獨木舟的人都曉得，花蓮海域划舟需在意的是順流或逆流，彰化划舟要計較的是漲潮或退潮。彰化海濱，返岸時若遇到漲潮，獨木舟可直接划到堤防邊輕鬆上岸，若遇退潮時要返回，則須扛舟走五、六公里爛泥灘。曾走過爛泥灘的選手形容，比海上賣力划舟二十公里還要累。

潮汐現象也許造成彰化人海濱、海洋活動的諸多限制和不方便，但彰化海濱也因為潮汐而擁有寬廣、肥沃的大片潮間帶，形成生態豐富的海濱，造就了彰濱頗負盛名的潮間帶漁業。

退潮後裸露的漢寶泥灘地

第六節

蟹和水鳥

帶我認識彰化海濱的朋友，好幾位是生態高手，掠過眼前的些微動靜，他們只要看一眼，很快就能辨識誰是誰。

彰化朋友們還有個特性，他們腦子裡仿如鏤刻了一面潮汐時鐘，帶我在潮間帶活動期間，隨時可以聽見他們提醒：「可以出發了」或「該回頭了」。

當海水退去，我們得把握退潮時段準時來到海邊。退潮後裸露的潮間帶雖然十分寬廣，但也不是隨便都能下去，他們知道哪裡鋪設了水泥步道，哪裡可以安全下去、安全退回。他們說，過去有人隨便下去，不是不知道漲潮時間，而是該退時，發現自己兩隻腳深陷在泥灘，眼看著潮水漲上來，一時心慌，竟越陷越深動彈不得。

許多生活在泥灘裡的潮間帶生物，牠們的腦子裡也都裝置了潮汐時鐘。當潮水退去，牠們迫不急待的打開房門，被海水關在海床泥穴裡，憋了六小時後，放風時間到，牠們紛紛打開房門鑽出泥穴。

漲潮時，滿溢的海水儘管限制了牠們的自由，但退潮時退去的海水會將髒汙帶往外海，並在下一波漲潮時為牠們送來新鮮海水，並在泥床鋪上豐富餌料，潮汐是個辛勤的園丁，定時為牠們換水和添換新鮮食物。

這一波放風時間有六小時，牠們必要把握這段開門時間，除了晒晒太陽透透氣，除了覓食，牠們也會乘機拜訪鄰居以及尋找求偶機會。這時段，仿如昔日人類社會

弧邊招潮蟹（攝影：施喜）

清白招潮蟹（攝影：施喜）

泥灘上的招潮蟹

的廟會節慶，男女老少統統都出了門，這時，當然是物色伴侶的好時機。

一時間，整片泥灘看過去，簡直萬頭攢動、萬人空巷，這裡一簇，那裡一團，其中數量特別多的是招潮蟹和和尚蟹。

雄蟹相互對峙、嗆聲老半天，不過「好看頭」而已。

招潮蟹公蟹、母蟹不難分辨，公蟹一側螯大，一側螯小，母蟹兩側皆小。公蟹那占體重達三分之二的大螯足，還會不斷的上下揮舞示威，像個手持巨大火箭炮的士兵，看來火力十足脾氣暴躁，像是專門為了幹架穿了一套鐵甲武士級的悍裝。

當雄蟹趨近另一隻同樣舉著巨螯的對手，彼此揮舞兵器的弧度與頻度一起增加，兩隻雄蟹像在對嗆互喊：「好膽邁走！你來！你來！」，也因而有「招潮」之名。

彰化朋友介紹了好幾種彰濱常見的招潮蟹，但最後我只記得兩種：體色偏紅的弧邊招潮蟹和體色偏白的清白招潮蟹。不是對蟹蟹辨識沒興趣，而是花蓮海邊一隻招潮蟹也沒有，跟讀書一樣，接觸機會少，自然記不牢。

我半蹲著仔細觀察了好一陣子，那昂舉著大型兵器相互挑釁的雄蟹們，老半天還停在空中比劃，別說打一架，比劃了老半天不過是不小心輕碰了一下，竟就機警的立刻彈開。看來虛張聲勢的成分居多。

我也發現，當雄蟹遇到威脅時，逃跑的腳爪比那根張舉的巨螯更有用。彰化朋友解釋，雄蟹的大螯主要是讓牠擁有吸引雌蟹前來交配的魅力，「好看頭」而已。

換個角度看，求偶嘛，招搖招搖意思到就好，何必逞凶鬥狠，浪費青春和體力。

長相幾分笨拙，個性溫和，又沒什麼了不得的本領，只好群聚、低調過日子。

比起招潮蟹，和尚蟹個體小了些，細螯、細腳、體態笨拙，少了像招潮蟹那一身煥發金屬光澤的盔甲，也少了招潮蟹那根其實也沒什麼用的巨螯。對比招潮蟹，和尚蟹的模樣讓人覺得牠們就是那種低調好欺侮的老實人。

和尚蟹性情溫和害羞，因此必要集體行動來壯大聲勢。牠們一個隊伍可能數十隻、數百隻，也遇見過上千隻的大群體。和尚蟹個體雖小，看起來好欺侮，但聚成大群體一起行走，就成了壯觀的行軍隊伍。

有次遠遠看到牠們一大群出沒，讓一片泥灘都變了顏色。單隻螞蟻看來好欺侮，一大群螞蟻就會讓人感到威脅。也因此有人稱和尚蟹是「兵蟹」。

兵蟹不帶武器，牠們趁退潮時段上來覓食，一邊忙著跟住群體走動，避免落單，一邊還得忙著動用兩隻纖細的螯，行色匆匆的不斷往自己嘴裡塞食物。

和尚蟹動作不如招潮蟹敏捷，招潮蟹活動範圍一般離泥穴不遠，一有狀況，趕緊見了鬼似的立即躲回家裡。和尚蟹行動不快，避難能力顯然有限，又行軍離家在外，牠們著名的避難行為，就是遇到威脅時先將身子側起，然後讓自己像旋轉的螺絲釘一樣，立地旋轉挖洞隱

一整群和尚蟹

入泥底。

和尚蟹行軍隊伍一整群走著走著，行動命令不曉得來自哪裡，忽然間，牠們分別停下步伐，以不同節拍前後紛紛旋身鑽沙，短短十數秒鐘過後，行軍隊伍仿如潑在沙地上的一瓢水，整群消失不見，只留下一地爪亂的沙痕，真是一群「沙遁奇兵」。

生態位階較低的物種，通常會以量產為繁殖策略，以龐大數量來換取低比率的生存機率。和尚蟹的群聚行動也是如此，以多數犧牲來換取少數存活的機會。

有奔跑的、有挖掘的，退潮後的潮間帶，
吸引許多敏銳的獵者前來覓食。

退潮時段是這些蟹蟹的放風及覓食時段，當然也會是以牠們為食物的獵者的活絡時段。蟹蟹們的獵食者，可分為

邊走邊沙遁的和尚蟹

和尚蟹

「海軍」和「空軍」。海軍是魚類，空軍是水鳥。退潮時段，海水帶著大批海軍退回大海，這時段蟹蟹們的主要威脅來自空中。

花蓮海域的空軍，主要是鷗鳥，直接從空中發動攻擊，而彰濱的空軍，其實是「空陸綜合兵種」，大多數種類的水鳥停在泥灘上獵食。

鳥類的行為敏捷，行動速度快，比蟹類更難辨識，但難不倒帶我來海濱的彰化朋友們。他們在潮間帶架起高倍率望遠鏡，既賞鳥又可觀蟹。

儘管有這種千里眼道具幫忙，但外行如我還是很難從望遠鏡窄窗裡找到目標。每次還是得等彰濱生態老鳥找到並鎖定目標後，我才湊過去在望遠鏡裡作觀察。在場經驗真的騙不了人，一分耕耘一分收穫。

幾年前開始學習觀察水鳥，其中比較為難我的是「鷸科」和「鴴科」的辨識。這兩類水鳥，體色相近，長相相仿，種類繁多，外行難以細究。

沒想到，有次我在望遠鏡中觀察一隻水鳥時，隨口問了句：「好難啊，這鷸科、鴴科到底怎麼分？」一旁的彰濱老鳥不過幾句話說明，從此，鷸是鷸、鴴是鴴，豁然開朗。

彰化朋友說：「矞」字有以椎穿物的意思，所以「鷸」科鳥類長著尖細長嘴，牠們停下來以帶有神經的長嘴尖來搜索泥灘下的獵物；而「行」字就是走路的意思，「鴴」科水鳥，擅長的就是在灘上有點神經質的一陣快跑，追獵退潮後在潮間帶活動的獵物。

從名字，從長相，從行為，三合一加上現場說明，從此「鷸」、「鴴」一目了然。

彰濱高蹺鴴

第七節

堤內堤外

走在彰濱海堤上，時常兩邊是水，堤外是開闊的潮間帶，堤內是水田般一方方的文蛤養殖池。

有一次，我們走在堤外泥灘上，彰化朋友施先生問我，離我的腳邊二十公分範圍內有三隻海洋生物，問我能不能找到。

清澈海水淺淺淹著我們腳踝，範圍又這麼小，不可能找不到吧。但我仔細四下搜尋了一遍，沒發現任何生物。心想，這問題有詐，目標應該是藏在泥沙裡吧。

「不在下面，是在上面。」看我猶豫，施先生補充說明。

沒找到，只能認輸。

朋友彎下腰，就在我的腳跟前拾起三枚錢幣似的生物。

朋友指著這三枚「錢幣」說，牠們的名字是扁平蛛網海錢或稱扁平蛛網海膽。體色與泥灘顏色完全一致，加上扁平貼地，要找到牠們不是憑眼力，而是憑多年的潮間帶觀察經驗。

果然「內行看門道，外行看熱鬧」，灘上諸多生物痕跡，生活中培訓出來的「眼色」才找得出來。怕我在泥灘地上看不清吧，從小在漢寶溼地生活的施先生，每回作潮間帶觀察時，特地手拿一面淺盤子，將他發現的生物撈在盤子裡給我看，一下子是某某蟹，一下子換成兩隻蝦或某某貝。

扁平蛛網海錢

在這裡，海堤並不是海水、淡水的界隔，灰暗與光鮮亮麗，也不一定是內涵豐富與否的保證。

偏灰色調看來並不起眼的彰濱潮間帶，生態卻如此豐富。對比花蓮海濱，儘管藍天藍海顏彩亮麗，但沒什麼機會能在海濱灘坡上看見生物。肥沃或貧瘠，外表和內涵往往並不相稱。

施先生「探沙取貝」的能力是他的潮間帶絕活之一，他能憑著泥沙灘上的少許沙痕，就能判斷泥沙底下藏有某某貝類。有時藏在沙底四、五十公分的西施舌也逃不過他的銳眼。

有次夜裡，他帶著頭燈和一根長柄網勺，帶我逛堤內的文蛤池，一時也猜不透這晚他到底要抓什麼。

常常我還看不清楚什麼狀況下，他眼明手快，兩三下已撈獲一隻約十二公分橫寬的紅蟳。怎麼可能，紅蟳在花蓮可是名貴的海鮮，在這裡竟然是可以這樣隨手撈取。但我心裡懷疑，施先生是在他人的文蛤池裡撈蟹，不曉得這行為是否恰當？

施先生似乎曉得我在想什麼，他解釋，這些文蛤池池主是鄰居，同意他偶爾來池子邊「巡紅蟳」，因為紅蟳會吃掉池子裡的文蛤，像這麼大的一隻紅蟳，一天可吃掉一兩斤文蛤：「因此，我來抓紅蟳是為鄰居的文蛤池除害。」

有次，另一位彰化朋友蔡先生興奮的說，剛才在某某地方發現彰濱已難得一見的臺灣招潮蟹。大夥於是跟著他去看。原以為他會帶我們到堤外的某潮間帶作觀察，沒想到他發現的位置是在堤內某產業道路旁小溪邊的泥灘上。

花蓮海堤當然也有堤內堤外之別，但通常一刀兩斷，堤外是海水，堤內則完全是淡水世界。彰濱海堤隔開的不是海水、淡水之別，而是天然的潮間帶與人為的魚塭，堤內堤外都是海水勢力範圍。

施先生探沙取貝

西施舌

第八節

漲潮

因為潮差不大，花蓮海岸漲潮與退潮景觀差別不大，對比之下，彰濱的漲退潮差異就相當可觀。

漲潮時間到了，海水從天邊漫過來，大概以我們漫步的速度，一寸寸漫淹上來。彰濱這裡的漲潮，水勢並不喧囂，是靜悄悄的一片片蠶食裸露的潮間帶。幾分像一群士兵，輕輕踩著海水碎步，默默前進。

這是一場安靜的革命，海水立志悄悄的要來光復這片失守六小時的國土。命令已經下達，漲潮尖兵們踩著低調的步伐一起前進，不放過潮間帶上的任何縫隙、任何突凸或坑凹，全面瀰漫。

小環頸鴴（攝影：葉志偉）

大杓鷸（攝影：葉志偉）

有些小魚蝦，沒趕上上個退潮海流，被丟包在低凹的淺水窪裡，直到下一波漲潮。牠們的生活空間，將從汪洋大海萎縮成一方淺水窪，少了逃躲空間和深度，赤裸裸的暴露在獵食者的獵物展示臺上。

六小時睽違，潮間帶裸露曝晒，多種藻類滋生，吸引泥地裡棲息的眾多生物上來覓食，也就吸引了水鳥飛來獵食。這些「耕犁」，翻轉了這片潮間帶失守前的生態樣貌，加上有些蟹蟹捨不得陽光，或是被陽光晒昏了頭，一時疏忽了漲潮時間，在海水漫上來前沒來得及躲回穴窩。

跟著漲潮上來的獵食魚類，看中這潮汐替換時機乍現的獵食機會，這批海軍不耐煩溫吞的漲潮尖兵，迫不急待的緊追在一整排漲潮尖兵的腳步前緣，排列成這波漲潮的前鋒部隊。牠們爭先恐後，為的是搶得變化的先機。

海水寧靜反攻，

溫柔但鍥而不捨的一寸寸收回失土。

漲潮尖兵十分文靜，頂多就五、六公分高度，因此能夠頭頂水牆隨第一波漲潮尖兵一道前進的獵食魚類個體也不大，又因泥床高低不等，這些前鋒獵食者獵性太急，常被尖兵給推到水淺處掛底擱淺，牠們體質必須「耐旱」，並擁有掙扎脫困的能耐。

也有些神經大條的蟹蟹，還留在漲潮尖兵一時還舔不到的泥灘突點上，以為應該安全。有能力的海軍獵者哪會放過這機會，為了搶得先機，牠裸露魚背，尾鰭奮猛拍水，一陣劈啪水花，像是擱淺掙扎，牠一鼓作氣攻上坡頂，一口咬住來不及閃躲的蟹蟹，又是一陣劈啪水花，牠掙下斜坡，退回水裡的同時，吞下咬在嘴角的蟹蟹。

這緊隨漲潮尖兵發起第一波攻擊的獵食魚類，以河豚居多。牠們化身為這波溫和漲潮尖兵的利牙，是這場安靜革命隊伍中潛藏的殺手。

大潮水時，海水不僅淹沒整片潮間帶，漲潮尖兵還穿越海堤下的溝渠水門，讓海水的舌頭，深入堤內網絡狀的溝渠裡。

這一刻，任務完成，海水接管了數萬公頃的潮間帶，還侵入堤內水道，以海水包圍大片沿岸土地。特別是人們過去與海爭地抽砂填海填出來的土地，海水透過這波漲潮，公開宣示：「你們所看得到的這一大片，都是我的領土。」

第九節

夜探

冷氣團前腳剛離開，陽光豔麗，難得晒滿一天冬日陽光，晒出這天潮間帶夜探的好時機。

入夜後潮水退到天邊，我們四人把握機會，帶了頭燈，換上雨鞋，走下漢寶潮間帶。他們是在地人，喜歡海，喜歡海洋生物，常看準退潮時機邀一邀，一起作潮間帶夜探。

與白天觀察不同，儘管同一片舞臺，白天有白天亮麗的舞者，入夜後換另一批黑暗舞者。夜探，我們

文蛤池中捕獲的紅蟳

眼裡只剩頭燈光束煥照的淺短範圍，失去廣泛視覺，更需精準記得漲退潮時間。

夜暗中無法遠望，但知道這片即使大白天也看不到盡頭的開闊溼地已經整片裸露。跟彰化朋友來過這片潮間帶好幾趟，夜探倒是第一次。這趟夜探為了採樣，他們還帶了八卦網和隨身水族箱。

我們從灘上水泥小徑轉入一道廢棄的碎堤，往北探索，一路都走在海水淺淺淹到腳踝的淺水灘上。雖穿著雨鞋，仍感覺到冰涼海水傳進鞋裡來的涼冷。

頭燈圈照下，眼前高一點已經完全裸露的泥灘上，因單面光線斜照，一褶褶退潮留下的波浪狀水痕特別明顯。

珍愛鄉土，並以自己乾淨的環境和豐富的生態爲榮。

那隻跟我們一樣出來夜探的對蝦，當我們頭燈照著牠時，一時錯愕，牠不知逃躲，一對挺立在頭頂的眼珠子，反射燈光，如星火般晶亮耀眼。這情況下，輕易就能抓到牠，近距離仔細觀察後，彰化朋友確認是已收集過的一般品種，隨手又放牠回去。

這三位彰化朋友是魚類專家，他們利用工作餘暇，多年來在這片潮間帶採集標本，作研究和記錄，已自力出版當地魚類圖鑑兩百多種。

「蝦虎」，一身灰暗一如沙床底色，毫不出色的靜趴在沙床上，大概很自信一身保護色吧，當燈光近距離照在牠身上，牠動也不動，甚至還允許我將指頭觸及牠的身體，牠才款擺游開；也沒游太遠，大約七、八公分外，撲一身沙，很快潛進沙床裡。擁有這樣的「隱形大法」，是牠如此膽大的原因吧。

燈光穿透下，水質特別清澈，帶領我來的三位彰化朋友，不只一次，以幾乎讚嘆的語調異口同聲跟我說：「相信嗎，相信彰化有這麼乾淨的海水嗎？」

當然不是為了炫耀，也不是為了比較花蓮或彰化哪邊的海水乾淨，只要珍愛自己的環境，這樣的自信與榮耀讓人動容。

的確如此，白天常見的灰暗色澤只是這裡的泥床底色，退潮後留下的灘池，在夜探燈火煥照下，水質的確清澈到讓人意外。

應該這麼說，海水原本乾淨，混濁髒汙，都是人為造成的吧。

生態富足多樣，常讓我感受到

生命勃發的喜悅。

平坦的大片沙洲上，任何一塊石礫，任何一截竹竿頭，都可能是潮間帶生物賴以隱身的棲處。

好幾次我們走上碎堤，蜓螺從攀附的岩塊上警覺縮足。這一縮，腹足縮回殼內，身子失去支撐，便自由落體般紛紛掉落。螺殼堅硬，數量又多，竟就落成一陣陣大珠小珠落玉盤的脆響。

我發現，牠們集體掉落的聲響帶著韻律，這韻律又緊隨著我的腳步走向，或隨著我頭燈照射的範圍發出。

幾分像是在指揮臺上指揮，當我往右走，或頭燈往右照，右前方便是一陣落玉盤似的嗶嗶珠落聲；當我轉身往左邊走兩步，換成左前方一陣嗶啦脆響。

從來不曾有過的新奇經驗，當然我也想到，牠們可是好不容易攀到高處，被我驚嚇而掉落，跌落谷底的蜓螺，恐怕又得從底部辛苦的往上爬。想到這，只好對牠們說聲：不好意思。

一根豎立在沙床上廢棄的竹竿頭，也許是過去種蚵或其他漁事留下來的，竹竿頭在退潮後仍捧住一窪朝天的海水，彰化朋友熟門熟路，帶我往裡頭探照，窄窄一窪水裡，意外的，裡頭可是擁擠著一堆小個體海葵。也有些竹竿頭捧住的是許多種貝類的卵鞘。

這趟夜探體會了一則簡單明白的大道理：只要人為汙染和破壞減少，只要水質變乾淨，自然生命便重新回來，並且是振奮人心的盎然蓬勃。

寬身大眼蟹

白紋方蟹

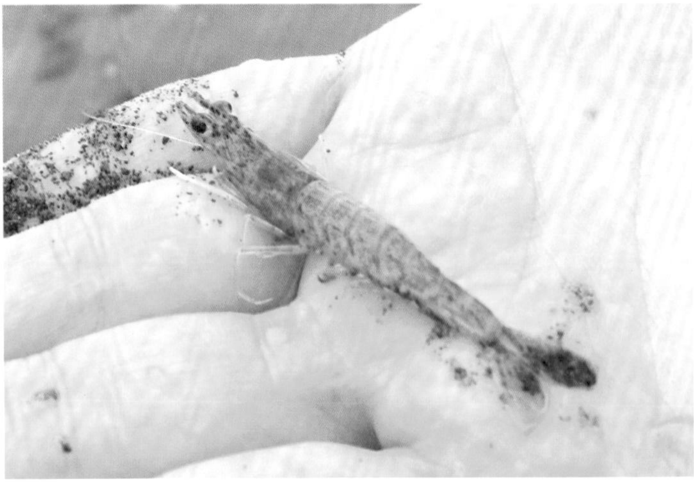

對蝦

第十節

阿岸和阿海

阿岸和阿海原本是一對戀人，阿海熱情的衝上灘坡親吻阿岸，一次又一次彷彿永不疲倦。

有時阿海情緒低潮，退離阿岸一段距離外，阿岸明白阿海有先天性情緒起伏現象，這時會立刻飛身衝下灘坡，陪在阿海身邊，溫柔低語，不停安慰。

他們倆體質雖軟硬不同，但關係親密，可說是天作之合，琴瑟和鳴，是天地大海間人人羨慕的一對情侶。

有一天阿岸發現，近來阿海衝上來擁抱他時，總是隨手帶上形形色色的各種「禮物」。而且越來越多，這些禮物有玻璃的、塑膠的瓶瓶罐罐，也有不少瓶蓋、吸管、球鞋和拖鞋，還有大大小小各種塑膠袋，最讓阿岸難堪的是，這些禮物常沾著骯髒嗤黏且發臭的油汙……這些禮物讓阿岸成了麻花臉、醜八怪。

時常愁眉苦臉的阿岸，於是試著委婉的跟阿海說：「來就好，不用帶這麼多禮物。」

阿海也是皺著眉一臉無奈的解釋：「其實該責怪的，是你們家兄弟阿河，每次都從河口沖下大量你說的『禮物』到我們家，尤其颱風天或下豪陣雨的時候。」

「原來是這樣子啊，但我聽說你們海氏家族一向胸懷寬廣，包容並蓄，你們可以幫幫忙，幫忙吞下一些、收留一些。」

「不瞞你說，其實我們家族父老，已經向我抱怨好長一段日子了，你們沖下海的禮物，如果少一點，我們還可以幫忙收下來，甚至吞下去，但你們給的量，早已超

垃圾海岸

過我們所能承受。何況，自己的禮物不是該自己處理嗎，沒什麼道理要我們家族概括承受吧。」

仇家對峙才需銅牆鐵壁，戰爭才需防禦工事。

阿岸解釋：「說真的，這些不受你我歡迎的禮物，並不是來自阿河或我們其他的家族成員，而是來自生活在我們身上的人類，這些禮物都是他們的生活廢棄物，都怪罪我們，好像也不盡合理。」

「要我們吞下去，不是更不合理嗎……」留下語尾，阿海滑下灘坡，不再言語。

因為「禮物風波」，原本好好的一對情人，從此心底各自有了疙瘩。

海邊的浪濤聲，從此聽起來不再像過去那般悅耳。

那天，海邊開來幾輛怪手、推土機和一排砂石車，人們開始將大量砂石傾倒在灣裡。

因為城市發展，地狹人稠，土地不夠用，人們的腦子開始動到海洋上頭，愚公移山，人定勝天，只要填滿一個灣，對於寸土寸金的海島社會，填海填出來的「海埔新生地」，將開創出不得了的龐大利益。

這工程明顯是侵略海洋，當然引起海氏家族大大的不滿，不當作是戰爭侵略那般嚴重，也算是侵門踏戶強盜般的無禮行為，海氏家族長老們給阿海下達命令：「去，去跟阿岸討一些公道回來。」

戰爭才需如此防禦工事

身在第一線的阿海，在這紛爭狀態下，已顧不了過去和阿岸長久培養出來的平衡默契，再也顧不了過去情分，阿海以其家族授權的憤怒浪勁，每一下都來鏟挖阿岸的牆角。

面對阿海的變臉，岸氏家族其實並不願意和長久友好的海氏鄰居們如此鬥牙鬥齒，如此對嘴對舌，但阿岸和阿海雙方家族都管不著、都無可奈何的是人們。當人們看到海堤被沖垮了，趕緊拋置大量消波塊來阻擋阿海凶猛的浪鋒，然後，大興土木修建更高更厚實的堤防來補強防禦工事。

戰爭關係才需要防禦工事，從此阿岸和阿海化友為敵，情人變冤家。

長滿鵝頸藤壺的夾腳拖

第三章 漁業

第一節

靠海吃海

「靠山吃山，靠海吃海」，意思清楚，人類是食物鏈高層，為了求生存，必要從周遭環境中索取資源。其中「靠海吃海」，指的就是人與海最原始的關係——漁業。

人類借助各種工具，從海水裡獲取食物的行為，統稱為漁業。

漁業一般分為：捕撈漁業、養殖漁業和栽培漁業三大類。

捕撈漁業：就是以各種漁撈工具，在水域裡進行採捕魚產的行為。

養殖漁業：就是以人為設施來圈養、繁養殖及管

鬼頭刀

理各種魚產。

栽培漁業：結合水產繁養殖、漁業資源管理及海洋工程等多方面技術，來統籌並增加漁業資源及改善漁業生產的規模性漁業行為。

其中，栽培漁業因為牽涉政府公共造產及漁業投資，比較屬於政策層級，這裡暫不討論。本篇要談的是，花蓮與彰化面對截然不同的海洋環境，兩地的漁業方式當然很不一樣。

我們先將「靠海吃海」稍作延伸為：「靠什麼海，吃什麼海」，將更能說明因環境不同及生態差異，進而衍生出不同的漁撈方式，並留下各自不同的漁業文化。

一般來說，海洋生物大部分聚集在接近陸地有機質較為豐富的沿海，因此，從沿海或潮間帶漁業著手作比較，就能看出花蓮、彰化兩地「靠什麼海，吃什麼海」的差別。

彰濱漁獲

花蓮漁獲

介紹花蓮、彰化兩地漁業以前，也許先問自己一個簡單問題：「花蓮和彰化，哪裡比較適合捕撈漁業，又哪裡比較適合發展養殖漁業？」

這問題不難回答，若有興趣，可以再進一步問自己：「為什麼？」

要回答第二個問題，可能就要費些勁，進一步來了解和比較，兩邊的海洋環境源頭以及下游各自不同的漁業狀態。

不吃魚就不會有魚類資源枯竭的問題？或是積極的經由認識逐步發展成永續漁業。

「不吃魚，不就解決了魚類資源枯竭的問題。」或者「又不當討海人，何必認識漁業？」這是每回介紹漁業時最常被問到的兩個問題。

是的，漁業行為明顯是人類介入海洋生態，當漁業效率提升時，必然會產生生態威脅的問題。但無論如何，人類生存需要蛋白質食物，而魚類是人類重要的肉類蛋白質來源，也就是我們的生存需要農漁業來支撐。人類在地球整體生態中注定不是生態生產者，而是生態消費者。無論食衣住行，我們都必須擷取生態資源來獲得生存和生活的機會。

人類的任何產業行為，免不了都有生態問題，這樣的生存條件下，把嘴封起來，或主張只吃什麼不吃什麼的說法，恐怕都違反人性且消極而不切實際。

那怎麼辦，一邊要求食物，一邊擔心資源枯竭？

魚類是可再生資源，原則上只要作好漁業管理，進行恰當的漁撈，即可有效避免造成魚類資源枯竭的生態壓力。

永續漁業（也稱責任漁業）的概念，已成為全球共識。這概念的基礎在於：任何一種魚類的採捕量必要低於其繁衍量，就能確保該魚種資源的永續存在。

永續漁業概念，必要從認識魚類生態開始，不能再像過去那樣「只負責吃，吃到只剩海鮮文化」，我們得關心魚、關心漁業，這將有助於我們珍惜魚類資源，也才能明白身為食物鏈高層，面對生態資源該有的恰當態度，進而迫使漁人採用對海洋生態妨礙較小的漁撈方式。

這概念不僅針對漁業，而是現代人必要的生態基本認知。

多種多樣是臺灣生態的最大特色，魚種多樣，漁業方式多元。因篇幅有限，這裡分別介紹花蓮和彰化的幾種代表性漁業，或可從中了解我們的第二個問題「為什麼？」

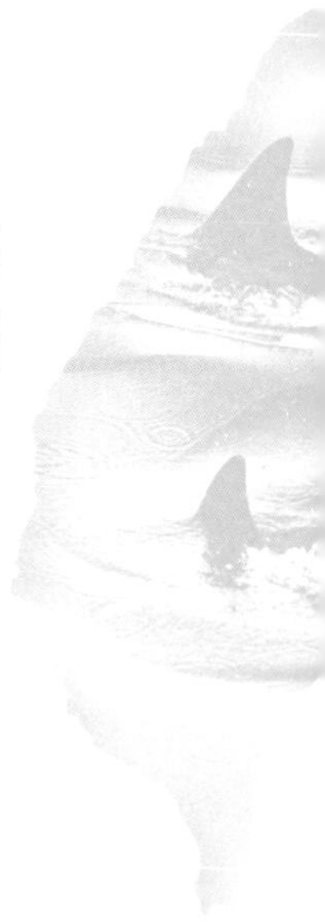

第二節 深海大洋

花蓮以斷層海岸面對開闊大洋，山高海深，潮間帶狹窄。深海大洋是花蓮的基本漁業環境。

狹窄的潮間帶上，退潮時分，有時會看到阿美族人，他們在東海岸的岩礁區從事傳統的貝類、海菜採集，也會看見他們使用八卦網（手拋網），捕抓近岸來的少數魚類。近年來因沿海汙染以及沿海魚類資源匱乏，從事這項傳統漁撈的族人越來越少。

花蓮的海洋漁業環境，主要還是開船來到深海大洋進行捕撈。

臺灣東部海域因大洋環流黑潮經過，將大洋性生態推靠近花蓮沿海，另外，黑潮海流磨擦陸地邊坡，引發湧升流，將深海有機質翻湧到淺水層，成為吸引大洋魚類近岸的誘因。

海流靠岸，將大洋性巡游魚類（也稱為游泳魚類，我們社會習慣稱洄游魚類）推近沿海，花蓮沿海較著名的巡游魚類有：飛魚、鰹魚、鬼頭刀、鰆魚、魟魚、鯊魚、旗魚和翻車魚等經濟性魚種。

假如你是一個討海人，面對這樣的深海大洋，面對上述這些魚類，你將如何實現你「靠什麼海吃什麼海」的生存本領？

用漁鏢鏢魚，用漁鉤釣魚，用漁網來攔截，或設置海上陷阱來圍捕？

鏢漁船

鏢魚

鏢魚

巡游魚類中體型較大的魚種有：魟魚、鯊魚、旗魚和翻車魚，這幾種魚，體長可能都超過一、兩公尺，體重可能上百、上千公斤。面對大洋推進來的這些大傢伙，持鏢獵魚是一種東部特有的傳統漁法，也稱鏢刺漁業，簡稱鏢魚。

鏢魚船，有一截鏢臺突出在船尖外，跟一般漁船長相不同。

鏢魚作業時，鏢手持鏢站立在鏢臺前緣，藉由船隻動力追獵海上這些大傢伙。目前的鏢魚作業，據花蓮老討海人說，是由日本琉球漁人傳入，再經由臺灣討海人改良而成的特殊漁法。

這些在大洋中奔游的大傢伙，其中游速最快的是旗魚，因此，鏢魚作業中難度最高的是鏢旗魚。

好幾種旗魚中，經濟價值最高的白肉旗魚，俗稱丁挽，是生魚片上好食材。但丁挽偏偏選在中秋過後的東北季風期靠近臺灣東部沿海。強風勁浪下的這段丁挽漁季，鏢船出海，浪高往往三公尺以上，站立鏢臺上的鏢手，四周並沒有欄杆防護，鏢臺上也沒有任何防止鏢手跌落的安全設施。這時的鏢手，僅靠兩個腳踝像穿拖鞋一樣，套穿於釘在鏢臺前緣的一雙帆布套裡。也就是說，鏢手得用腳踝和腿力，來維持浪的顛簸和自身在鏢臺上的平衡。

鏢手的本領，不僅平衡感要好、膽識要夠，如此惡劣海況下，鏢手還要能擲鏢獵魚。相當現實的考驗，鏢不到旗魚，就不夠格站鏢臺當鏢手。

漁鉤

漁鉤，討海人俗稱「釣仔」，意思明白，在漁鉤上掛餌，引誘魚隻過來吃餌上鉤的漁法。延繩釣是目前全球最普遍使用的漁法，這種作業是以一條長母繩，間隔繫上子繩，子繩端繫綁漁鉤，鉤上掛餌，一條線撒在海域裡，等待魚隻吃餌上鉤後，收拉母繩就能收獲的一種高效率漁法。

因延繩釣的使用方式、使用範圍變化多端，漁具規模可長可短，使用範圍可深可淺，漁撈目標可大可小。自小鰹魚到大鮪魚、大旗魚都可以用延繩釣來捕抓。從表層魚類一直到住在數百公尺深的深海魚類，都可以使用延繩釣來採捕。

延繩釣

花蓮因大洋魚類近岸，不少漁船使用延繩釣來捕抓鬼頭刀。另外因為海床深邃，也衍生出相當特殊的深海延繩釣，釣組垂放深度往往達三、四百公尺，捕撈對象有紅鰲和深海鯊魚等等。

刺網和定置網

網具捕魚大致上有刺網、拖網、圍網和定置網四種。無論哪一種，使用漁網捕魚都是超高效率的現代漁法。花蓮比較普遍可見的網撈漁業有：刺網和定置網兩種。

刺網又分為：底刺網和流刺網。底刺網捕抓生活於海床附近的底棲魚類，底刺網有網具掛底而被遺棄所造成的生態問題。而流刺網作業時整座漁網隨海流

定置網

定置網搶灘

定置網船筏

漂蕩，所有巡游魚類幾乎都能用網目大小不同的流刺網來捕撈，主要生態問題是常有鯨豚、海龜等保育動物誤觸網，造成嚴重的混獲問題，因而被稱為死亡之牆，聯合國早已公告禁用於公海。

臺灣漁業法令雖規定流刺網不得使用於離岸三浬內之海域，但礙於海上執法能力有限，在臺灣東部沿近海使用流刺網仍相當普遍。

定置網，也稱為煙仔罾（鰹魚，俗稱煙仔，因過去舊式定置網專門捕鰹魚而得名），新式定置網，施作面積大約一座足球場大小，也就是將一張偌大的網具張置於海上，讓跟著海流巡游的魚類，進入此陷阱而被捕獲。大大小小所有巡游魚類，都可能被定置網所捕獲，是一種以逸待勞的先進漁法，也因而有過度漁撈及沿海魚類資源壟斷的問題。

彰濱潮間帶，處處可見魚苗張網

第三節

肥沃的潮間帶

臺灣海峽彰化這一側，海水有機質含量高，對比東部貧瘠的黑潮海水，西部海水肥沃。因此，臺灣海峽的生態生產力相當高，漁業環境優越。

彰濱南北長五十公里，擁有平均五公里寬的泥質灘地，彰化擁有優渥的先天沿海漁業環境。

有優點也有缺點，因為潮間帶寬闊且地勢平坦，潮差大，沿海有漂沙淤積等問題，漁港的建造與維護困難，漁船進出港又受潮汐限制，形成沿海捕撈漁業發展的不利因素。當然，人口集中，工商發達，家庭或工業廢水若未經淨化處理，會對沿海水質造成汙染威脅。

顯然，彰濱的潮間帶漁業是彰化漁業的最大特色。廣闊的潮間帶泥灘地上，處處可見魚苗張網：當地居民將形樣各異的細網目張網，固定張置在泥灘上，運用漲退潮來捕撈鰻魚苗和烏魚苗等。也有些捕雜魚的張網在泥灘地上張置，網具網目較大，譬如立竿網等，運用漲退潮來攔截隨海水往返的各種魚類。這兩種張網，大抵是當地漁人在潮間帶上的傳統漁撈行為。退潮時，潮間帶上也常看到在地居民，用鏟子或耙子，也有先進一些的使用高壓噴水機，來挖掘泥灘地，採捕躲在泥沙裡的魚蝦蟹貝。

這幾種潮間帶捕撈漁業，通常規模不大，大多屬於在地居民的傳統家計型漁業。彰濱沿岸的養殖漁業才是彰化較具經濟規模的漁業。這裡我們以海堤為界，分別為堤外的淺海養殖，以及堤內的鹹水魚塭養殖。

臺灣因魚產豐富，過去我們習慣食用捕撈來的野生魚類，因而普遍貶抑養殖魚類，好比過去我們吃慣了肉質堅實的土雞肉，當然就瞧不起肉質鬆軟的飼料雞。然而在過漁及汙染雙重壓力下，野生魚類資源日愈匱乏，養殖漁業勢必取代捕撈漁業成為水產市場的大宗，而且將成為未來漁業發展中的重力產業。彰化養殖漁業的產值大約是沿近海捕撈漁業的七倍，從產值不難看出，彰化漁業的發展特色。

吊蚵仔

吊蚵仔

海堤外的彰化海濱，擁有一眼看不盡的寬闊潮間帶泥灘地，隨潮汐往復，海水定時來去，很適合從事淺海養殖。以彰濱的潮汐灘地特性來說，非常適合運用這片廣大灘地來從事純海水的牡蠣養殖。

牡蠣，臺灣一般稱為蚵仔，臺灣到處可以吃到蚵仔煎，可見牡蠣養殖的市場潛力。臺灣養蚵歷史大約有三百年，當時沿岸居民以原始的插竹種蚵方式，在潮間

蚵田

收蚵仔

帶養蚵。這種插竹養蚵技術，相傳是由中國傳至彰化鹿港，俗稱「插蚵仔」。

養蚵技術在數百年的演進後，目前彰濱多採用平掛式養蚵，一般稱「吊蚵仔」。蚵農先在潮間帶上以竹竿搭起蚵架，再將蚵串平掛在蚵架上。漲潮時，海水淹沒蚵串；退潮時，蚵串懸空日晒。這種方式養蚵，因為多了日晒時間，儘管成長速度比起整天浸泡在海水裡的蚵棚養殖方式較慢，長成的體型也較小，但這種方式養出來的蚵仔，肉質精實，食用口感佳，因而為彰濱養出來的蚵仔贏得珍珠蚵的美名。

養蚵和一般養殖很不一樣，蚵苗無須人工繁養，而是自然著苗，養殖過程也不需要餵養餌料，蚵仔從著苗到養成，全賴海水水質中的肥沃養分。

當然，這種天然環境下的蚵仔養殖，深受環境及氣候因素影響。譬如颱風來襲時，海水動盪，引起蚵仔的不安，成長速度因而遲緩，甚或蚵串直接被大浪沖走，或蚵田被大量漂沙所掩埋，都會造成嚴重損失。豪雨也會對蚵仔養殖造成傷害，大量淡水沖入沿海，使得海水鹽度快速改變，將是蚵仔適應力的大考驗。另外，蚵仔的天敵蚵岩螺，簡稱「蚵螺」，牠們會分泌酸液腐蝕蚵殼，再注入消化液來吸食殼內的蚵肉汁，是蚵農頭痛的「害蟲」。然而，蚵螺味美，為老饕餐桌上的美味料理，價格往往比蚵仔還高，形成「無心插柳」很有意思的價值和價格相對關係。

威脅更大的是汙染問題，這種潮間帶上的淺海養殖，很容易遭受附近有毒廢水排放所汙染，無論工業廢水中的重金屬，或農業廢水中的農藥成分有機氯，都可能被不具游泳能力、不具避難能力的蚵仔照單全收。

哈瑪傳奇一

彰濱的海堤看似一刀兩斷，隔開了內外，但一如前述，這裡的漲潮在大潮水時，海水會攻入堤內，且深入瀰漫。

也就是彰濱臨著海堤的這一大片低地，不缺海水，很適合築池為塭，池內放養經濟性海產來經營鹹水魚塭養殖。

也算地緣關係，彰化雲林海濱的泥灘地盛產野生文蛤。文蛤，俗稱「蚶仔」（音似哈瑪），也稱「粉蟯」（音似粉玉），為肉質鮮美的雙殼貝類。

文蛤與彰濱的機緣，落在大約半個世紀前。有一天，彰濱居民發現海邊出現幾個「南部來的人」（指雲林人），他

漢寶溼地潮間帶踏查

漢寶溼地潮間帶採集

們用網目很細的白沙網在海邊刮沙。居民們於是偷看偷學，先是知道他們在泥灘地上撈取「烏沙」，後來才逐漸明白，他們撈取的這些烏沙，顆粒大小如沙粒，乍看會以為是尋常黑色沙粒，仔細瞧才發現，這烏沙原來是文蛤苗。

居民們也就依樣畫葫蘆，學會了如何在灘地上使用細目白沙網來刮沙，撈取烏沙。

彰濱在地人總是占了地利之便，有財力的逐漸成了烏沙上游的大盤，有能力的成為中盤，每個中盤底下相約數名村人為第一線撈捕者。烏沙蛤苗經過中盤集中再交給上游，再經由上游賣給雲林、彰化和嘉義的哈瑪養殖戶。

蛤苗的捕撈量一步步擴充，撈烏沙的工具，從手撈網逐漸發展為三輪車拖拉網，然後又發展為由竹筏來搭配拖拉，就為了更有效率的來撈取更大量的蛤苗。撈取烏沙全盛期，前後大約維持了十多年（一九七九—一九九一），這期間沿海村民幾乎全數參與，也算是彰濱潮間帶上的一場漁撈盛會。

之所以造成「全民運動」的原因，當然是撈取烏沙的收入相當可觀。根據參與過這場盛會的一位當地耆老莊先生口述：「這十多年期間，每人每天大約可撈取烏沙五十斤，交給中盤價大約臺幣一萬多元。」

「那是三十萬元可買一棟房子的年代啊。」莊先生特別補了一句來強調，接著又說：「我個人最好紀錄是，一輛三輪車，搭配一艘竹筏，一天收入五萬。」

這十幾年來，彰濱潮間帶上，二到八月間，撈取的烏沙主要是文蛤苗，而九月到隔年元月，撈取的是另一種花蛤苗，也就是一年當中，有十個月以上的撈捕期。

「竟然豐富到這樣。」莊先生以讚嘆中帶著些微感嘆的口吻說。

哈瑪傳奇二

我們問這位烏沙耆老莊先生：「像沙子這麼細的烏沙蛤苗，到底要怎麼計算數量，又如何核算價錢？總不會是一粒一粒算吧？」

「當然不是，一粒粒算恐怕算到地老天荒也算不完啊。」莊先生說，我們用「打粒」的方式來計量和計價。他解釋，這是漁家約定俗成對於個體細微水產的買賣方式。烏沙買賣有點類似蝦苗買賣，業者會先將蝦苗以目視判斷，平均的分配在許多塑膠盆裡，由買家觀察比較後自由挑選其中一盆當基準數，最後賣價就是單價乘以基準數再乘以盆數。

烏沙買賣，買方以一盤式小桿秤，在賣方交過來的烏沙中隨機抽樣，秤取一錢重（大約3.125公克）的烏沙，再將這抽樣來的一錢烏沙，置入一白色淺盤中，盤中添了些水，然後買方以相當專業的手勢將盤子輕輕一搖，因蛤苗與沙粒比重不同，彼此聚在盤中的位置就會有所不同，再以放大鏡協助，一一計數盤子中的蛤苗。最後，以抽樣計數出的數量為基準數，乘以所交給的烏沙總重，再乘以單價，即為這批烏沙的買賣總價。

烏沙和蝦苗買賣性質不同處在於，盆子裡蝦苗密度買方看得到，選盆前買方可以相互比較，因而最後結果差異不會太大。但烏沙的計量、計價方式，只憑隨機採樣，最後價差就會很大。

因此，烏沙買賣帶著相當「賭性」，盈虧往往高達三、四倍，買賣雙方往往會在抽樣計量時耍些手段，譬如賣方會將蛤苗看起來密度高的烏沙塞在外圍，買家有時偏偏就往中心部位去採樣。莊先生形容：「簡直仙拚仙，互相鬥法。」運氣好的時候，比實際價格多賣個五、六萬是常有的事，當然，運氣不好時，虧個十數萬也算常見。

賺到開心，虧錢搥胸，總是老天賜給的錢財，烏沙產量最好時，被當地居民稱為「烏金」，那十幾年盛況，其實沿岸家家戶戶多少都得到這片海、這片泥灘給的恩惠。

「為何那盛況後來迅速沒落呢？」

「人性總是貪得無厭，再好的盛況如果沒有節制的過度撈取，注定就會是曇花一現。十幾年盛況後，蛤苗在這片泥灘上密度飛快降低，然後很快就稀少到變成「無采工」，完全沒有採集的價值。

生態通常脆弱，用心維護還不一定能夠維持，何況是糟蹋。過度捕撈，不懂珍惜的後果，必然是加速崩潰的節奏。

「福無雙至，禍不單行，這句話真有道理。」莊先生嘆口氣說。沒多久，彰化沿岸電鍍廠興起，水汙染問題如最後一根稻草，讓這則曾經美好的彰濱潮間帶上的「哈瑪傳奇」終至灰飛湮滅。

所幸蛤苗的人工繁殖技術逐漸成熟，完全取代了文蛤池對天然蛤苗的依賴。

彰濱的烏沙傳說是則漁業傳奇，當然也是一面鏡子，讓我們照見沿海自然資源如

塭仔漁港

何由盛轉衰的經過。

彰化沿岸文蛤養殖面積曾高達一千八百公頃，最好時，號稱與雲林業者聯手提供了全臺文蛤市場約八至九成的供應量。

目前產量銳減，減產原因可能因魚塭地質老化，地力漸失；水質控制出了難以解決的問題；加上氣候變遷，氣溫劇烈變化，這些都造成文蛤養殖的不利因素。業者形容：這些因素造成文蛤的「禁大」（不願意長大的意思）。業者當然也作了許多嘗試，包括文蛤池中混養草蝦或虱目魚等，以生態平衡概念來增加水質肥度，或尋求養殖多角化經營模式來開創商機。

環境變化造成的威脅，養殖業者也試著「以變待變」，隨時準備調整打破傳統的養殖態度與方式。

過去業者相遇時打招呼的問候語經常是：「你蛤仔有肥無。」如今，他們的習慣問候語變成：「你蛤仔有勇無。」

「肥」、「勇」一字之別，道盡彰濱哈瑪傳奇的辛酸。

第四章 鯨豚

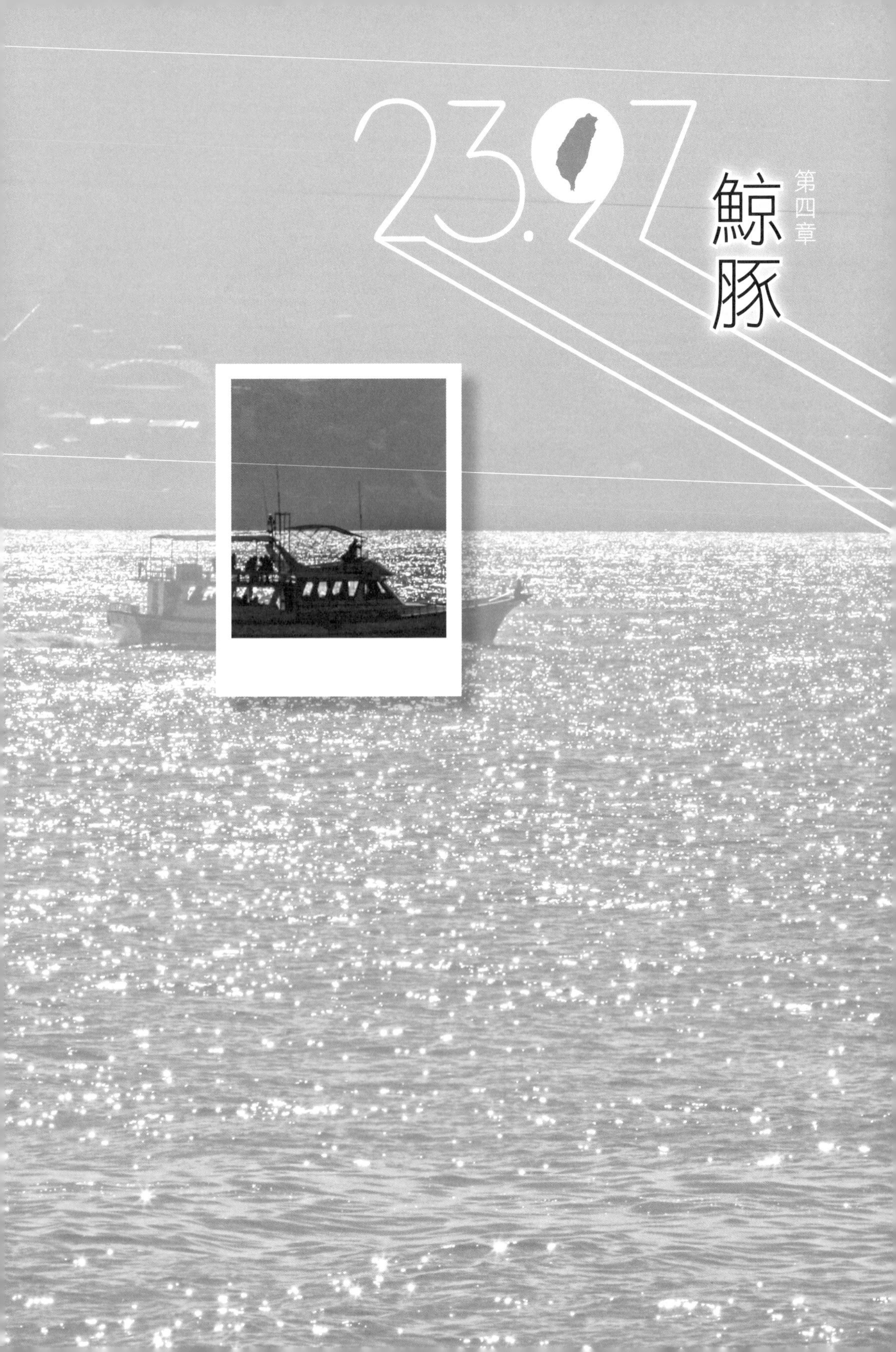

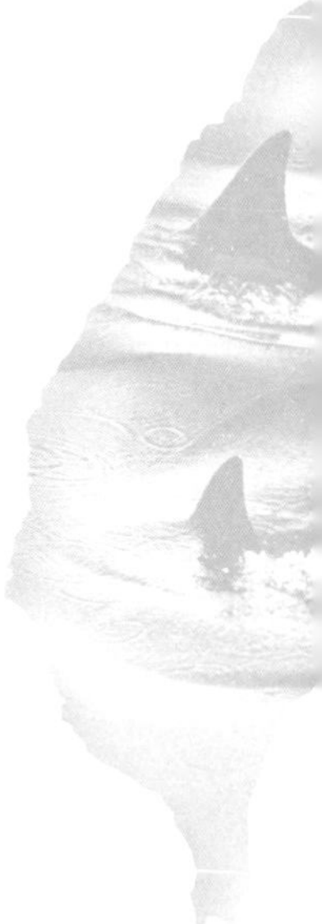

第一節

鯨豚為什麼

介紹鯨豚這種海洋哺乳動物時，常被問到的幾個問題：

問：鯨魚whale，海豚dolphin，英文分得很清楚，為什麼臺灣合稱為「鯨豚」？

答：全球大約有八十種鯨豚，大大小小的牠們全屬於鯨目底下的鬚鯨亞目和齒鯨亞目。鬚鯨亞目的鯨種，一般體型龐大，不長牙齒，長鬚板，以鬚板來過濾小魚小蝦，吃食方式是濾食。齒鯨亞目的鯨種，體型大小都有，長牙齒，除了少數成員以牙齒為性象徵，大多數齒鯨以牙齒為獵食工具，行獵食行為。

船前乘浪的一群飛旋海豚

瓶鼻海豚

飛旋海豚

鯨魚、海豚其實都是俗稱，各國標準不一。以中文名稱來說，有些體型如一般海豚大小的，卻以「鯨」來稱呼；又有些體型大過小型鯨的又被稱作「海豚」，「鯨」、「豚」之間相當混淆，因此臺灣以「鯨豚」來簡稱並含括所有的牠們。

臺灣東部海域的鯨豚，可依體型大小，大致區分為「小型鯨」（包括大部分的海豚、侏儒抹香鯨、小虎鯨、瓜頭鯨等）、「中型鯨」（領航鯨、偽虎鯨、虎鯨、各種喙鯨等）和「大型鯨」（抹香鯨、大翅鯨等）。

問：海洋動物這麼多，為什麼特別介紹鯨豚？

答：若以食物鏈高層來介紹陸地上最具代表性的動物，應該就是人類吧。沒錯，鯨豚在海洋裡的生態位置，幾乎等同於陸地上的人類，牠們是最具代表性的海洋動物之一，不只如此，也不少人認為牠們模樣討喜，是代表海洋的海洋動物明星。

問：為何特別強調「鯨豚保育」，其他海洋生物都不需要保護嗎？

答：鯨豚是海洋哺乳動物，使用肺臟呼吸，潛水一段時間後，必須浮出海面換氣，當我們從事海洋觀察時，水面下的生態不容易在水面上看見，但鯨豚因為需要換氣比較沒有水面隔閡的問題，因此鯨豚被認為是海洋生態的指標生物。這海域若鯨豚頻繁出沒，表示這海域有牠們的食物，意謂這海域海洋食物鏈相對健全。這海域若牠們變少，可能就是這裡的食物鏈狀態出了問題；若這海域鯨豚從原本的頻繁出沒變成絕跡，顯然這裡的海洋生態處於崩潰狀況。

因而，鯨豚保育的真義，其實是保護這海域健康的食物鏈狀態，也就是保護這裡的海洋生態。了解鯨豚很容易可以轉換成進一步了解海洋生態。

鯨豚保育的真意，其實就是保護海洋。

問：臺灣各海域都有鯨豚，為什麼賞鯨活動只在東部三縣市？

答：賞鯨活動必須仰賴在地鯨豚資源量（鯨豚發現率）為基礎，臺灣東部海域因為黑潮近岸，將大洋性生態推靠近我們沿海，而大多數鯨豚屬於大洋巡游動物，因此東部沿海的鯨豚發現率，根據二十多年來的記錄，大約維持在九成左右，是支持賞鯨活動盛行的原因。而西部海域的鯨豚，就剩下數量有限的臺灣白海豚，發現率低，資源量明顯不足，難以支持西海岸的賞鯨活動。

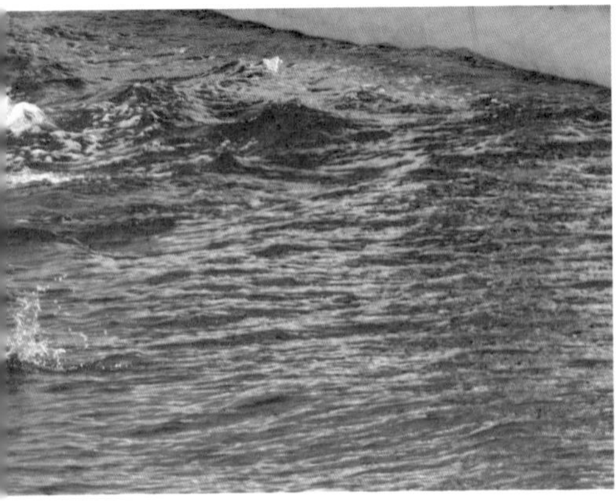

賞鯨船

一群領航鯨

賞鯨船邊的領航鯨

跟在船邊的飛旋海豚

問：為什麼參加的是「賞鯨活動」，出海看見的大部分是「海豚」？

答：分布於宜蘭、花蓮、臺東三縣市的賞鯨活動，事實上是以觀賞中、小型鯨為主，但偶爾可遇大型鯨的賞鯨活動。統稱為「賞鯨活動」，並不是刻意混淆「賞鯨」與「賞海豚」的差別，而是因為鯨豚的中文名稱容易造成鯨魚、海豚俗稱認知上的歧異，而且臺灣賞鯨活動出海觀賞的對象，絕大部分屬於開放大洋中的巡游性鯨豚，並不是像國外許多賞鯨活動的接觸對象，很多是相對封閉的海灣或內海等屬於季節性的休息場或繁殖場。

也就是臺灣的賞鯨對象，是跟著大洋環流接近沿海，又隨著海流離開的大大小小各種鯨豚。

問：為什麼有些生態人士反對賞鯨活動？

答：有些生態人士擔心，賞鯨活動可能干擾、妨礙鯨豚生態，因此反對。

生態資源接觸的通則是：必須小心謹慎，避免造成干擾。面對鯨豚資源，我們可以有兩種態度：不出海、不接觸；或者經由接觸，並從中學習如何接觸、如何相處，如何降低不必要的干擾。好比面對海洋危險的消極與積極兩種態度。

在無法禁止人類船舶航海，無法禁止漁撈行為，無法禁絕人類汙染排放於海的前提下，我比較支持，透過接觸、認識和學習，積極建立臺灣與鯨豚和善的新關係。

第二節

幸運與憂傷

計畫期間我每個月會到彰化一趟，觀察彰濱環境與生態，也參加許多次彰濱生態活動。幾次活動中，算是幸運，共有三次看見花蓮海域沒有的臺灣白海豚。

其中兩次是搭船在海上遇見，另一次是意外在岸邊看見。

岸邊相遇那次，活動地點在崙尾灣

花紋海豚

南岸，由蔡老師帶領作彰濱海岸觀察。儘管崙尾灣稱作「灣」，其實是對由崙尾和彰濱兩大離海工業區之間圍住的一條開闊水道的稱呼，也稱線西水道。這條水道兩側都是水泥護堤及消波塊築成的海堤，蔡老師原本想讓遊覽車直駛到工業區西北端接近灣口處作觀察，但因為路況不好，又假日人車較多，恐怕深入後，遊覽車掉頭不易，臨時決定，提前五、六百公尺讓學員下車步行前往。沒料到，學員下車後不到五分鐘，就看見出沒在水道北側奮力往灣外游的一隻白海豚。

這隻白海豚體色泛白，判斷應該是有年紀的成年個體，牠獨自一個，識途老馬似的，獨闖工業區圍住的人為水道。猜想，可能是趁漲潮時段進來灣裡覓食，或者是進行其他我們無法理解的尖兵任務。但這片「人造灣」在大退潮後，可是整片灣底海床完全裸露，即便是漲潮狀態，也常有到此一遊的遊客和不少在消波塊上釣魚的釣客，這隻大膽游進灣裡的白海豚，必須藝高膽大，除了避免擱淺，還要在眾人目光威脅下小心翼翼的行動。

可有那麼一天，

讓願意接近我們的野生動物不再那樣擔心害怕。

海豚通常家族成群，至少兩三隻成一小組，單隻獨游的比較少見。會不會是家人在灣口外等著，牠膽子大，獨自進來探勘環境。我們發現時，牠大約每三十五－四十五秒一次拱背浮出換氣，以相當游速，堅定的朝灣口游去。已經在退潮，海水退盡前，牠必須游出灣口。

膽敢游進這樣高度人工化海灣的這隻白海豚，對於如何退出應該心裡有底，牠近距離穿越北堤岸邊的釣客面前，不理會岸上的注視目光，埋首奮進，終於順利在退潮前游出海灣。

活動主辦人李老師在回程車上說了個笑話：有位病患手術前問醫生：「這次手術，成功率有多少？」醫生語氣篤定的回答：「百分之百。」病患質疑醫生說的是安慰話，於是又問他：「從來沒遇過醫生敢百分之百保證手術成功，為何你如此有把握。」醫生說：「我動刀的手術，過去成功率一向是百分之十，之前九個都失敗了，所以你的手術成功率應該是百分百。」

李老師講過笑話後立即問帶隊的蔡老師：「過去活動常帶人來這裡，見過白海豚嗎？」蔡老師回答：「常帶人來，但過去從來不曾在這裡見到白海豚。」

車上學員們想了好一陣子，才哄堂笑出聲來，原來這次巧遇白海豚的機緣是這樣來的。

莞爾而笑以外，對於兩位老師車上的這場對話，我也聽出玩笑背後稍稍滲漏的憂傷。

「各位今天看見的這隻白海豚，可是六十六分之一，很珍貴的機會。」蔡老師補充說明：「根據統計資料，西海岸存活的臺灣白海豚僅剩六十六隻。」

二〇〇八年世界自然保育聯盟IUCN，將臺灣白海豚列入極危物種，意思是急需採取保護措施的野生動物。

這群在臺灣演化成特殊亞種的臺灣白海豚，種種不利因素下，只剩下六十六隻，如此情況下的偶遇，到底是幸運呢，還是憂傷。

第三節
臺灣白海豚

彰化海域碩果僅存的鯨豚，就剩下臺灣白海豚了。

臺灣白海豚直到二〇一五年才經學者研究確認，牠們是臺灣沿海的特殊亞種，有別於過去一直被認為與出沒在中國沿海的中華白海豚同種。

海豚依其生活範圍大致可分為：近岸棲地型和離岸流浪型兩類，臺灣白海豚是近岸棲地型海豚，活動範圍從桃園到臺南，棲息在離岸不遠水深約十五公尺內的淺水海域。我們知道，生活範圍越接近人類的野生動物，通常生態壓力越大。白海豚生活範圍緊貼著西部海岸，西部海岸曾因用地需求大量抽沙填海開發海埔新生地，或因海港開發等工程施作，造成白海豚棲地破壞，加上沿海承接大小河川排放入海的

臺灣白海豚（攝影：鄭武郎）

各種廢水，「白海豚不會轉彎」，牠們直接承受我們給予的生存迫害。

臺灣白海豚出生時一身灰暗，成長期體色轉淡且滿布斑點，成年後周身變白，甚至呈現粉紅色澤，因此也被稱為「粉紅海豚」。

又因為臺灣白海豚被看見的季節，主要落在農曆三月二十三日媽祖誕辰前後，因此也被稱為「媽祖魚」。

以臺灣海神 媽祖 稱謂的臺灣白海豚。

無論東部西部討海人都有這樣的傳說：「媽祖生（媽祖誕辰）這天，海翁、海豬仔攏乁起來（浮出海面）拜媽祖。」

臺灣討海人都知道，海上季節不同於陸地上習常的春夏秋冬，每年大約清明節到中秋節這段期間，東北季風停息，太平洋高壓壟罩，海況平穩，是漁撈或其他海上活動的盛季，而媽祖誕辰恰好就在海況轉趨平穩的清明節左右。只要海況平穩，海上視線受白浪干擾的程度降低，發現鯨豚的機會就會大幅增加。也許是這緣故，媽祖魚的別稱就這樣流傳下來。

另一次發現白海豚是我們從臺中港搭船出海，港外繞了一大圈沒瞧見，沒想到船隻返航回到港嘴時，船上夥伴提聲高喊：「白海豚！那裡！」

船上所有目光，急切的往夥伴揚臂指住的港內方位望去。

相隔一段距離，也是單獨一隻，成年個體，游跡筆直朝外，似乎也肩負了什麼無可理解的進港任務。這隻白海豚沒有猶豫，沿著防波堤邊，筆直且行徑匆匆的游向港外。

牠一身雪白，節奏間隔將頭頂和背峰切出海面，因為發現位置在港內，讓我好幾次誤以為是一塊隨波蕩漾的保麗龍。

崙尾灣和臺中港這兩次遭遇都算是意外，白海豚出現在不該出沒的地點，以不尋常的孤獨身影，行態倉促，像一片雲，像一陣風，教人還來不及多抓住一些接觸的感受以前，又匆匆消失。

儘管從資料中已初步了解牠們的身世與牠們的生態處境，也知道「反國光石化」這場環境運動，因為白海豚議題而成功擋住石化工業在彰濱的設廠計畫。這兩次與白海豚的意外接觸算是幸運，但因接觸過程匆匆，完全沒有互動，似乎只是意外交錯，沒有交集，只剩下「啊，終於看見」的單一感受。

終於，與臺灣白海豚有了一次珍貴的正式接觸記錄。

直到第三次相遇，才終於化解了我對白海豚的「無感」狀態。

這次我們搭乘管筏，從崙尾灣出航，出了灣口後，船隻望北航行，航程目的是為了從海上看彰濱。當我們航行到伸港鄉外，接近大肚溪口海域時，船隻左前約兩百公尺出現了白海豚蹤影。

記得發現當時，蔡老師感嘆的說：「這趟出發前，還在猶豫要不要帶大砲（長鏡頭）出海，果真屢試不爽，帶著的時候牠們不出現，沒帶的時候往往就遇見了。」

船上連船長五人，手上都只有一般相機，只能簡單留下這場「與白海豚相遇」的珍貴影像。

這是一個家族，有體色雪白的成體，有帶著花斑的青少年，也有體色灰黑的小朋友，估計這個家族約有十八個成員。船長雖即時放慢船速，牠們還是警覺到船隻接近。最近接觸距離大約五十公尺，這群白海豚家族約莫五次輪流浮出海面換氣後，忽然全數下潛，從海面失去蹤影。

我們空等了好一陣子，沒等到牠們再次浮出。

這次接觸時間儘管如此短促，但是與過去兩次感覺很不一樣，大概是因為這次遇見的是家族同行，遇見的位置是在海上天然環境中，感覺上，這是一場比較正常、合理，比較有溫度的正式接觸。

行為匆躁的弗氏海豚

第四節

鯨豚與我

第一次對鯨豚感到好奇，約在十來歲時，那時喜歡逛魚市場，常看見牠們躺一排在魚市場水泥地上，等著拍賣。

這些被當成漁獲對待的海豚，身上都有穿刺傷和撕裂傷，應該是被漁鏢獵殺後再被殘忍拖拉上船。無論被漁人如何凶殘對待，如今都已失去生命躺在腥溼的拍賣場上，我看見牠們似乎沒有怨懟，每一隻都保持微笑。

我蹲下來撫摸牠們橡皮般光滑的身子，發現牠們身上沒有鱗片，頭頂有鼻孔，牙齒光亮，尾鰭平舉在身體後端，明顯和魚類外觀不同。

第二次注意到牠們，是在基隆開往花蓮的渡輪上。當船隻接近花蓮海域時，看見牠們成群輪流在船前乘浪，像是搶著要帶引渡輪回去花蓮港。牠們不像魚那麼懼怕船隻，儘管常被漁船殘忍殺害，仍然願意主動接近人類的船舶。

三十歲後，我當了討海人，曾經多次掌舵和來到船前的一群海豚玩遊戲。當我操縱船隻加速壓向牠們，牠們從容避開，與船隻保持距離；當我不再和牠們玩，掉頭要離開時，牠們又追上來，似乎不願意遊戲玩一半就離開。

那時候，我很想知道這些海洋動物的名字，以及牠們的習性。但那年代始終找不到足夠的參考資料，無從進一步了解牠們。

無論如何，當我跟朋友們分享海上與牠們的種種精彩遭遇，竟然沒有朋友願意相信，我們海域有這麼多願意主動與人親近的野生鯨豚。

從漁船接觸到賞鯨船，從個人經驗到工作團隊到臺灣社會。

捕魚第五年，我買了漁船，想說或可當工作船，組成海上工作團隊，到海上記錄鯨豚。這麼作的動機，是想讓我的朋友相信，我們沿海有豐富的鯨豚存在。

幾經波折，終於募集和借貸到基本計畫經費，也找到人手，於一九九六年組成「臺灣尋鯨小組」，在花蓮海域執行兩個多月三十個航次的「花蓮海域鯨豚調查計畫」。

計畫期間記錄到八種鯨豚，發現率高達百分之九十二點四，包括多種臺灣首次記錄的鯨種。心想，東部海域擁有如此豐富的生態資源，若有一艘船，能夠帶著並不親近海洋的我們，或許被高發現率的鯨豚吸引，而願意踏上甲板，願意航行出海，也許臺灣向海走出去最困難的一步，在這些海洋動物明星的幫忙下，如願達成。

更大的波折下，終於在隔年一九九七推出臺灣賞鯨活動，並擔任海上解說員至今。

多年前，鯨豚帶渡輪回花蓮港，

這次，牠們帶領臺灣航行出海。

賞鯨活動二十三年來，儘管「妨礙鯨豚生態」的反對聲音一直都在，但賞鯨活動讓臺灣超過數百萬人次有了出航經驗，有了海上看臺灣的Formosa視野，更重要的是，經由親臨現場的接觸、認識，以及感受尊重野生鯨豚的必要。自此，牠們從臺灣魚市場絕跡，也改變了臺灣的「鯨豚文化」。

虎鯨母子

飛旋海豚母子

熱帶斑海豚

臺灣社會經由賞鯨活動已提升了與鯨豚的關係，不再以漁獲等級、以食物層次來對待。這一步，比起鄰國日本的進步還要快。

個人也將海上與牠們的相處故事，寫成文章，成為鯨豚作家，成為海洋文學作家。與鯨豚接觸的所有波折與所有堅持，都一一回饋在我身上。牠們改變了我的生命機會。

執行海上鯨豚觀察計畫多年，四海為家的航海經驗，加上賞鯨船上的解說工

作，我算是個頗有鯨豚經驗的人。過去在學校兼課時，我會安排每學期用四個小時在課堂上分享鯨豚生態與鯨豚經驗，也會每學期帶學生搭乘賞鯨船出航，讓年輕人體會臺灣開闊的海洋領域。

後來發現，課堂上介紹鯨豚的四個鐘頭，往往不如他們在海上實際與鯨豚接觸的十分鐘。親臨現場，親身經驗，臺灣社會藉由賞鯨活動，有效跨越了長久以來不合理的海陸隔閡。

第五章 去蕪存菁

第一節

有所選擇

「去蕪存菁」的深意，就是有所選擇。適合的留下來繼續用，不好的就汰除替換。

如前所述，人類位居生態高階，食衣住行育樂等種種需求，我們占領空間、掠奪資源、開發未來，生來就注定是環境、生態的消費者，而且，以人性追逐欲望的天性，人類的需求將不停往上高疊。

古書上說：「由儉入奢易，由奢入儉難。」人類因生活而產生對環境、生態的依賴，只會繼續攀高，除非天意，絕無可能自己調整回復到原始狀態。也就是說，我們不可能回去沒有水電的日子，更別說回到狩獵穴居的原始生活。

曾有科學家說，人類的發展已經無可回頭，我們走的是一條注定自我滅絕的「不歸路」。這說法的理論依據是，地球的環境、生態有其一定的擔養能力，人類發展單就人口膨脹的問題都已無解，何況各種資源競爭等種種問題。

過去地球還未成為人類擅場的時代，大自然的生存競爭機制，恰好達到微妙的生態平衡狀態。但是當人類主宰這個世界後，圍築村落，擴張領地，掠奪資源，早已僭越了那道地球生態平衡的紅線。

人類對環境生態資源的總消費量，遠大於大自然這方的生產力，注定就是走向枯竭、走向崩毀、走向自我滅絕的不歸路。

彰濱海牛與鐵牛車

既然停不下來，
或可考慮，如何「減速慢行」。

這次新冠肺炎帶來的疫情，讓我們很清楚知道，當人類退回屋裡，經濟蕭條，環境生態卻轉而欣欣向榮。人類躍進式的不歸路既然已經無法停止，我們能作的，似乎剩下如何「減速慢行」。也就是我們得想盡辦法，來延長我們使用地球環境生態資源的權限，來延遲「末日」的到來。

大約在上個世紀，人類社會開始對維護環境與生態有了覺醒意識，然後有了風潮似的一波波環境社會運動。許多年以後，這場對維護地球環境和生態的社會運動，已經證實，呼口號唱高調、逢開發必反對的運動模式，並不能澈底解決問題。開發與需求都無可禁絕的條件下，我們或許

可以回過頭來檢視和思索，從過去的發展軌跡中，找出不好的發展作為，譬如高耗能、高汙染、高掠奪性的開發，透過去蕪存菁的共識，汰除對環境生態有高度負面效應的不良發展模式。

加以現代技術和現代化思維，應可善用區域環境生態特色，發揮想像力和創意。不是禁止開發，而是以「永續開發、綠色經營」的概念，去重新調整對環境生態較為友善的發展模式。

賞鯨船與花蓮港紅燈塔

第二節 創意

創意長著翅膀，往往來自天馬行空般的自由意念。

自由，在臺灣不缺，自由意念在臺灣最大的阻力是「自我設限」，以及「社會慣性價值觀造成的壓力」。

過去，我腦子裡常出現與海有關的種種「奇怪」念頭，這些想法中，覺得有意思的，我會試著讓它形成計畫，然後克服困難，轉變這些念頭為創意，設法讓計畫「夢想成真」。

包括海上鯨豚觀察、創辦賞鯨活動、繞島計畫、黑潮漂流計畫等等。執行這些計畫過程中，都遇到了「自我設限」和「社會慣性價值觀壓力」等兩大阻力。

常被批評，太浪漫或太危險，甚至執行計畫前常被說成是「不可能的事」。面對高度的阻力和壓力，好幾次懷疑自己，是否真的太天真而不切實際？還是思慮不夠周延？或只是自己不夠勇敢來面對質疑？

不管是自己所執著或社會給予的壓力，慣性往往造成我們裹足不前的理由，因為過去我們的確太依賴自己或他人曾經的經驗，我們害怕走在前面，害怕走沒人走過的路，害怕走人煙稀少的荒僻之路。

面對問題，當我們有了願意「開創」的基本態度，接著要談的是，如何藉由區域環境、生態特色，讓我們一起來想像同緯度的彰化和花蓮未來的發展，如何去蕪存菁，如何有所選擇。

也許有人會認為，這應該是專家學者才有能力做的事吧，我們這種「非專業」的想像，可行嗎？有用嗎？

環境是大家的，別小看自己，只要有心維護，也許有一天，你我的創意都有可能成為降低環境、生態壓力的重要推手。

彰濱潮間帶解說

第三節 想像彰濱

以下提供一些彰化海岸的基本條件和一些發展的可能性觀點，拋磚引玉，點到為止。

廢水

彰濱的上游環境：寬廣的中彰平原，人口密度高，工、商、農業發達。

彰濱承受來自上游的汙染壓力有：工業廢水，農業廢水和家庭廢水。

想像：攔截及過濾這三種廢水，對彰濱生態一定有很大的幫助。

關於上游的汙染源，我們一起來想像如何改善？

文蛤池上的小型風車

潮間帶泥灘地的運用

彰濱擁有寬廣平坦的潮間帶泥灘地，加上潮差大，溼地有其自然淨化作用，除了提供牡蠣養殖，以及小規模漁業採集外，也提供人們親海體驗的場所，除此以外，是否還有其他運用的可能？

想像方向：肥沃的泥灘地，高生產力的水質，海濱生態豐富，如何進一步運用？

一、教育資源，潮間帶體驗。若能以簡單的人為設施，退潮後形成「人為潮池」，留住更多豐富的潮間帶生態，形成天然潮間帶展示館的功能，可提供展示、遊憩及戶外教學。

二、海水肥沃，潮間帶淺海養殖除了牡蠣、除了過去經濟產業為主的養殖外，是否嘗試產業、環境、生態三贏的養殖模式。譬如，根據資料，一顆牡蠣每天過濾大約三十至五十加侖的海水，可大量過濾人工肥料與殺蟲劑造成的氮汙染。以這概念來延伸為複合式養殖，以藻類來吸引貝類附著，因海水肥沃，應該能很快且有效的恢復彰濱海洋原始生態，增加生命系統的初級生產力，種植的藻類同時提供我們食物或飼料，或生質燃料等資源。

潮汐間處處有生機

綠能

要改善燃煤發電帶來的汙染，以及核電可能發生的高危險，綠能的發展是個轉機。彰濱被看見除了風能強項外，還有因為潮差大，而擁有豐富的潮汐能。

一、潮汐能：滿潮時留住海水，退潮時讓這些海水推動渦輪機葉片，產生電能。

二、風能：陸域及海域風車外，大面積的文蛤池或可嘗試小型風車發電。

第四節

想像花蓮

花蓮斷層海岸，斷崖和海階自然景觀多，登高望海，景色壯麗。海岸平原狹窄，海水乾淨貧瘠但奔騰不息。

★**景觀資源**。山海相鄰，大洋景觀，日出月起，氣勢壯闊，吸引大量遊客前來，成為臺灣著名觀光勝地。既然望海景觀是花蓮觀光資源強項，或可山海結合，開發登高望海景點。

★**鯨豚資源及其延伸**。無論資源量、發現率或賞鯨活動，花蓮都位居全臺榜首。

最困難的一步已經踏出去，不難思考如何延伸海上活動的多元體驗。

★運用奔流不息永不疲倦的大洋特性。海洋運動從不間斷，海洋能是地球上未被開發的最強大再生資源。花蓮海域可運用的海洋能，有海流能和波浪能。

然而，海洋能的運用比起陸地上的風能，更是變化多端難以掌握。海洋能的運用，還有一段長路要走。

儘管海洋能發電技術還在起步階段，又因花蓮海岸平直，海床深邃，水下渦輪機固定不易，設備長時浸泡於海水，腐蝕問題等等都有待克服，設備維修難度也遠超過陸地。

缺點這麼多，看似無望，但放棄總是最容易的。過去我們可能忽略了兩個重點：

一、大洋起伏產生的擠壓、拉扯、震盪等，都可產生能量，不一定是經由海流運轉渦輪機的概念。無論如何，即使我們只取用海洋能其中一小部分，都可能是人類社會取之不盡用之不竭的浩瀚能源。

二、偌大的定置漁網都能固定在沿海海床，固定機械於水下的技術應該可以克服。若能成功，這些設置在水面下的發電設施，也有不影響海岸視野景觀的好處。

芳苑溼地生態解說

第五節
退無可退

臺灣是個島國，「海、島」兩字已清楚標示，「海」與「島」關係絕對密切，從環境、生態、天候、歷史、人文、政治與經貿，臺灣一直受惠於海洋，但長期政治戒嚴下森嚴的海防管制，以及長期缺乏海洋教育，我們社會多數人並不「清楚自覺」自己與海的關係。

海島社會若持續背對著海發展，海洋將成為最不被重視的邊陲角落，海洋環境與生態也將因忽視而敗壞。

事實上，過去對海的不接觸、不認識、不關懷，結果我們已將老天賦予的一流海洋環境與生態糟蹋到臨近枯竭與敗壞的狀態。如何回頭修補是個重大工程，海洋關懷絕不是搖旗吶喊或呼口號，也不是為了獲取參與的名利或虛榮，更不是消極的以為不接觸就不會有傷害。

海島的限制讓我們退無可退，必要以積極進取的態度，來面對海洋環境與生態日愈惡化的問題。

出航

第六章 畢業旅行

第一節

長見識，開眼界

時間在一次次的漲潮、退潮間流走，往返於「花蓮—彰化」為期一年的彰濱體驗活動，不知覺中已將近尾聲。

感覺有點像是要從一個學程中畢業，同時也再一次體認到，認識一個原本陌生的環境與生態，就跟當初認識海、認識大自然一樣，越接觸越覺得陌生，越接觸越覺得自己的渺小與不足。

走馬看花式的表面認識也許不難，若要深入，一定得長時間耕耘。

當初若機緣不足沒修到這門課，與花蓮同緯度的彰濱對我來說，恐怕只能從書本讀取的資訊來想像，彰濱依然會是我這輩子遙不可及的遠方。這一年機緣具足，算是粗淺的走過一遭，老實說，對一個接觸海已二、三十年經驗的我，期末最大感想是：「這一年來真是長了見識，開了眼界。」

這是很特別的一年，來自山那邊的我，有緣認識了山這邊的海，感覺幾分像是看過許多海的人，重新看見了海洋。

一般以為海洋相連相通，直線相距不過一百四十公里的東西兩端，海洋環境和生態應該差異有限，沒想到，不過一山之隔，隔開的幾乎是兩個世界。山那邊五、六成以上的海洋生物，對於在山這邊成長的我來說，幾乎完全陌生。

一個好獵人，必須是個好的生態守護者，因爲他們和獵物生活在一起。

好幾次夜探，看著彰濱夥伴施先生，動作貓一樣乾淨俐落，徒手抓取趁暗靠近岸邊優游的魚蝦蟹。這原始獵者的能力，在人類身上大概早已退化，沒想到竟在彰濱遇見。

魚蝦動作快如閃電，身子又滑不溜丟，而且牠們身上還處處長著針棘似的鰭刺，若是抓蟹，還得顧慮如何閃開勁道可夾破文蛤硬殼的蟹螯。除了快，出手還得百分百精準。

施先生解釋，燈光照住獵物的剎那，牠們會愣住，愣住的時間極短，必要把握這閃眼即逝的時機，看準著手位置，快速出手，才有機會抓到。

要訣就是「快、狠、準」，如武俠小說常用的形容詞「說時遲，那時快」。

說起來不難，作到其實並不容易。除了獵者自身筋肉的協調，還要對各種魚蝦蟹生態習性的瞭解，更重要的是獵者長年的獵場經驗。

人類是生態高層，是天生的獵者，但種種因素讓我們大多數人早已失去這種漁獵的基本能力。

月色盈溢的滿潮時刻，

魔幻舞者悄悄登臺。

如何也忘不了那個月光明亮的夜晚，滿潮時分，彰化朋友帶我走過漢寶園區西側小水池上頭的浮動矮橋，走過去才兩、三步，橋面忽然「啪嗒」一聲驚響，嚇了一跳。

回頭看，竟是一條近四十五公分長，長相肥碩的大烏魚，凌空在橋面上翻跳。園區這水池裡並未餵養魚蝦，是個天然水池，每逢大潮時，海水會漫進池子裡來。這條大烏魚，不曉得是不是這波滿潮給帶進來的，或者，已經在池子裡住了好幾個潮汐。

也許，這條烏魚是被這晚明媚的月光所迷惑，更有可能是受我們走過浮橋的腳步聲所驚嚇，巧不巧的竟從水池子裡直接躍到橋面上來翻跳。

皎潔月色下，浮橋上除了啪嗒魚躍聲，四下寂靜，這條烏魚一身銀亮飽實，慢動作似的隨著翻跳，在橋面上灑出一圈圈沾了月光銀粉的水珠子。

這條自投羅網的烏魚，此刻早已超越了我見獵心喜的漁獲心情，牠在橋面上攪和了這一晚的月光和寧靜，牠的每個動作、每個節拍，每一記都敲成我心底難以忘懷的驚嘆號。

第二節

東西交流

陪伴我一整年，為我介紹彰濱生態的彰化朋友們，在學期末的一次聚會中忽然提到，也許邀一邀，一起到山的那一邊，到我的家鄉花蓮，來一趟「東西交流」，當作「畢業旅行」。

果然成行，在護聖宮教育基金會支持下，五月下旬，一輛遊覽車，帶著彰化朋友們繞半個臺灣，從同緯度的西端來到東端。

花蓮張開23.97度的手臂，歡迎同緯度緣分的彰濱朋友們到訪。

這一年來的彰濱體驗活動帶給我的是長見識、開眼界，我當然希望，以山海著稱的花蓮，也能稍稍回報彰濱來的老朋友們。

一邊山、一邊海，是花蓮的環境特色，特地安排了一趟山「蘇花古道石硿仔段生態觀察」，以及一趟海「賞鯨體驗」的活動行程。

彰化朋友大多是生態人士，不僅海洋生物，凡是水裡游的，灘上跑的，空中飛的或地面著根的，他們博覽生態各有專長。知道這趟畢業旅行要上去蘇花古道，李老師特地作了準備，打算在古道活動尋找清水圓柏和太魯閣櫟這兩種特殊植物。

不同海拔高度保持不同時間的氣候狀態，不同高度封存不同時段的冰河孑遺物種，清水圓柏只分布在海拔一千八百至兩千四百公尺的陵線上，這可能是遠古某個時間花蓮普遍的狀態，離開這個範圍清水圓柏就很難存活，這些冰河孑遺用獨特的美麗與生命力，耐心等待人類的智慧去探索與觀察。

清水圓柏和太魯閣櫟，常見生長於石灰岩地質，甚或是垂直的崖壁上，根據資料，這兩種植物的特性都是耐貧瘠，且能在石灰岩峭壁岩縫中扎根生存，完全符合花蓮高山深谷的環境特性。

太魯閣櫟是東海岸極具代表性植物，葉型嬌小可愛，堅果也很雅緻，是多種哺乳類動物過冬的重要食物。化石證明，臺灣曾有巨型哺乳動物，如今這些動物滅絕了，太魯閣櫟卻存活並演化成臺灣特有種。

相傳十六、十七世紀間，歐洲人來到清水斷崖，發現崖壁上的清水圓柏，這特有植物是歐洲人對臺灣的深刻印象之一，也與知名的Formosa傳說有關。可惜清水圓柏如今已將近消失，更汗顏的是，儘管我是土生土長的花蓮人，這兩種代表花蓮的珍貴植物，竟是山那邊的朋友介紹我才認識。古道途中，我還憑記憶為彰化朋友們指引幾棵古道上有印象的針葉樹，可惜都不是難得一見的清水圓柏。

海豚穿梭間，賞鯨船甲板上的我們感覺到，山脈、海洋不再是海島人民的阻隔。

直到賞鯨活動，才終於輪到我所擅長，或者說，終於有了我可以為彰化朋友們解說的太平洋生態景觀。

出航沒多久，順利遇到花蓮沿海那群數量約兩百隻的飛旋海豚家族，牠們是賞鯨船的老朋友，一如往例，牠們成群結伴輪流來到船頭、船邊乘浪。比起彰化海域難得一見且始終保持安全距離的臺灣白海豚，來到船邊的飛旋海豚家族，顯得特別熱情好客。

這場接觸，幾乎完全融化了東西隔閡，讓船上這群喜歡生態的朋友有了共同的橋梁，在數百隻海豚的穿梭間，如李老師分享的感受，他說，這次畢業旅行印象最深

太魯閣櫟果實（攝影：李志穎）

太魯閣櫟（攝影：李志穎）

刻的，就是與海豚在海上同遊的感動，在彰化只能遠遠觀察的白海豚，原來山這邊的鯨豚如此熱情大方，如此生動活潑。

施先生也說，喜歡生態的，都會在船隻被海豚包圍的這一刻，深受感動。

我曉得，不少生態人士多少有些「崇高理想」，認為賞鯨活動消費海洋，也難免干擾鯨豚生態，因此並不贊成賞鯨活動。我相信，這次東西海陸交流有了親身實證後，有些既定的看法，或許就有了鬆動的可能，而有了進一步對話的機會。

退潮後擱在泥灘上的管筏

也許我們都可以積極的更進一步。

如同個人多年來關於賞鯨活動的看法，賞鯨活動確實已經改變了臺灣的鯨豚文化，從獵殺吃食進步到觀察或關懷。盼望反對賞鯨活動的生態人士，至少來花蓮搭乘賞鯨船一次，寄望他們來到海洋現場，親身感受一下，融解心防，成為鯨豚朋友的溫馨。

海鮮文化沒有不好，關鍵在於是否進一步了解魚類生態而有所選擇。

這趟畢業旅行還有個額外安排，回程那天，清晨五點半，約了幾個喜歡魚料理的彰濱朋友，前往定置漁場買魚。

除了生態觀察，我和施先生都喜歡吃魚。彰濱這一年，吃過不少次，他親手抓、自己臺（殺）、自己料理的海鮮。好幾次，我們交換東西兩方的吃魚心得：我們都覺得，好吃又新鮮的魚吃起來有奶味；我們也認為，彰濱的海產，口味比花蓮的細緻，比較像是紳士淑女，而花蓮的魚產，體型粗壯個性豪邁，體味較腥臊，像是四海奔波野味十足的莽漢。

儘管如此，這趟採買，施先生買了滿滿一箱，足足有二十公斤的太平洋魚產。東西兩邊的魚產，營養成分應該有所不同吧，我們一致認為。

短短幾天畢業旅行，時間很快過去了，道別前和李老師相約，找個高山杜鵑盛開的季節，我從花蓮上山，他們從彰化上來，我們相約在合歡山上再會。

漢寶溼地以高壓水槍採集西施舌

漢寶溼地以高壓水槍採集到的西施舌

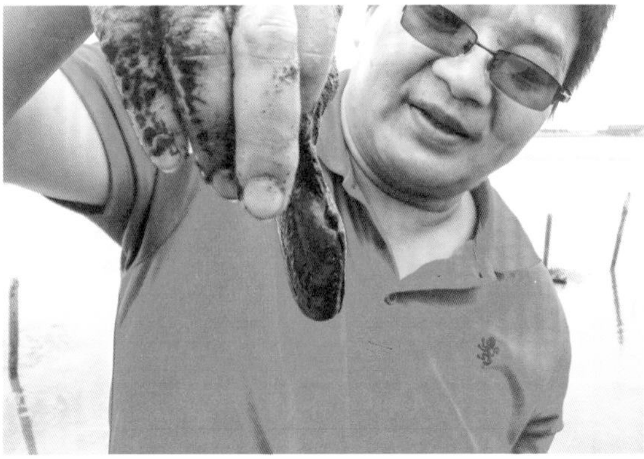

西施舌

花蓮定置網漁獲

第七章
後記

第一節

走出去、航出去

一個走出去的念頭，一個對山嶺後頭的好奇，而有了這樣的機緣，進一步認識對我來說原本是「平行時空」的彰濱環境與生態。

臺灣並不大，也許可以透過「多認識一座城市」、「多認識一段海岸」、「多認識一片海」……為行動意念，並以走出去、航行出

去的具體行動，化意念為真實。

這會讓點狀的生命，得以延伸成線，綿延成面，建構個人對環境、對生態的立體視野。

第二節

感謝

感謝護聖宮教育基金會，董事長林肇錐，以及陪伴我認識彰濱的一群彰化朋友：蔡淑卿，蔡嘉陽，蔡文華，李志穎，李國忠，施喜，黃鵬霖，謝孟霖，陳明瞭，陳永昌，溫志超，蔣泳泓，莊淑娟，李祐蒼，巫思穎。

你們教我重新看見海洋。

海島以海岸面對海洋，形勢自然開放，開放產生流動，流動必然多元，多元需要包容，這就是老天給臺灣這座海島的幾句箴言，關鍵字落在海島的門面——海岸。

國家圖書館出版品預行編目資料

23.97的海洋哲思課 / 廖鴻基著.
-- 初版. -- 臺北市 : 幼獅, 2020.11
面； 公分. -- (散文館)

ISBN 978-986-449-206-0(平裝)

863.55 109013656

·散文館043·

23.97的海洋哲思課

作　　者＝廖鴻基
出 版 者＝幼獅文化事業股份有限公司
發 行 人＝李鍾桂
總 經 理＝王華金
總 編 輯＝林碧琪
主　　編＝韓桂蘭
編　　輯＝陳韻如
美術編輯＝李祥銘
總 公 司＝(10045)臺北市重慶南路1段66-1號3樓
電　　話＝(02)2311-2832
傳　　真＝(02)2311-5368
郵政劃撥＝00033368

印　刷＝錦龍印刷實業股份有限公司
定　價＝360元
港　幣＝120元
初　版＝2020.11
書　號＝986294

幼獅樂讀網
http://www.youth.com.tw
幼獅購物網
http://shopping.youth.com.tw
e-mail:customer@youth.com.tw

行政院新聞局核准登記證局版臺業字第0143號

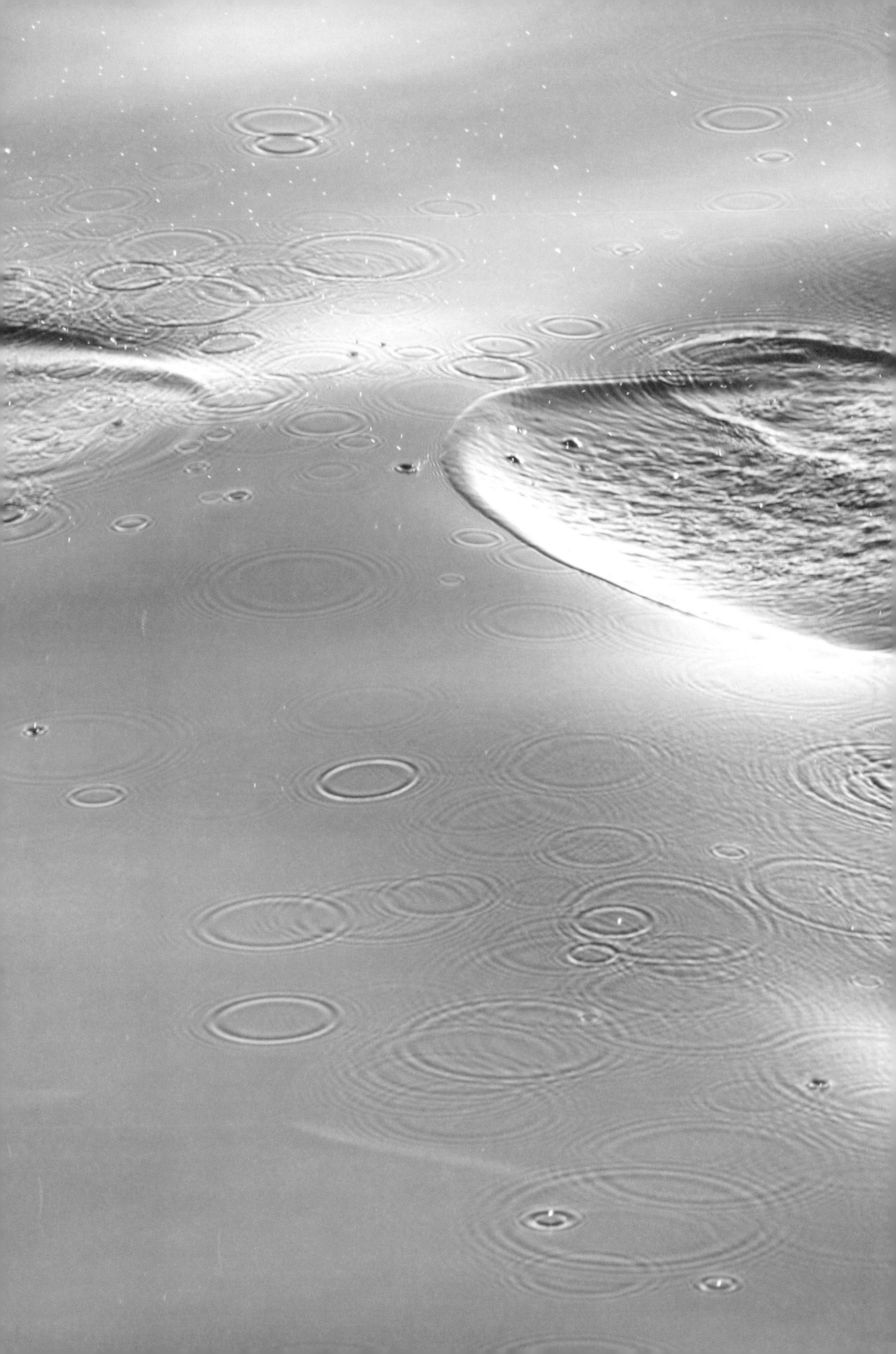

23.97

親海體驗

文／**吳銀玉**（財團法人光寶文教基金會總監）

走一段海岸，以心、以腳，

體悟島嶼臺灣，東西海岸大不同。

幼獅文化

作者序

海洋，好嗎？

老子道德經：「人法地、地法天、天法道，道法自然。」西奧多．羅斯札克在《傾聽地球的聲音》中提到：「一個人要與自己深層的自我調和，需要的不僅是一趟探索內在的旅程，也需要和外在世界的環境和諧共存。」

臺灣四面環海，隨著溫暖的黑潮與西南季風，和大陸沿岸的冷水團流經後，帶來了許多不同的海洋生物和魚類。然而隨著工業發展，人為活動的破壞和汙染，人與海洋的關係逐漸疏離斷裂。加上，臺灣是國際公認受到極端氣候災害威脅嚴重的地區，公共建設與產業發展都需要有新的災害風險思維，因此唯有融入人與自然的親密關係，才能正確習得風險溝通及預防管控的先機。

梭羅說過：「所有的智慧都是訓練的報酬。」環境是人文的載具，是生命的根基，是故事的舞臺，是萬物的母體。當我們能夠將這些感受方法運用到日常生活中，就會清楚節制並且珍惜、善待生養我們的環境與生態。

歡迎進入《23.97親海體驗》走讀手冊，啟發閱讀與休閒的自然生活靈感，找到屬於每個人與海洋連結的所在，藉著有意識的思考，從中尋覓其背後的意義，同時帶著感受及共鳴，傳遞「搖籃到搖籃」零廢棄環境永續的美好綠生活。

財團法人光寶文教基金會總監

吳銀玉

目錄

收藏海與心的對話

行走仿若閱讀，以腳、以心，
感受不同海岸各自不同的內涵，
思考海岸現況背後的緣由，
品味存於天圓地方的海岸餘韻。
走一段海岸，
感受風景與人同在的悸動。
收藏海與心的對話呢喃，
並書寫下來……

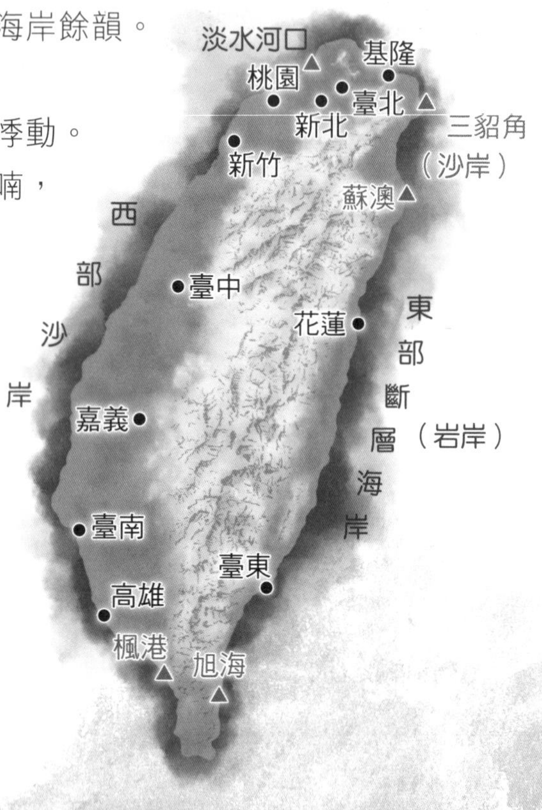

走過西部＿＿＿＿＿＿海岸

日期：＿＿＿＿＿＿＿＿

時間：＿＿＿＿＿＿＿＿

環境特色：＿＿＿＿＿＿

海岸地質：＿＿＿＿＿＿

踩踏聲想像：

與心靈對話：

走過東部＿＿＿＿＿＿海岸

日期：＿＿＿＿＿＿＿＿

時間：＿＿＿＿＿＿＿＿

環境特色：＿＿＿＿＿＿

海岸地質：＿＿＿＿＿＿

踩踏聲想像：

與心靈對話：

走過北部＿＿＿＿＿＿海岸

日期：＿＿＿＿＿＿＿＿

時間：＿＿＿＿＿＿＿＿

環境特色：＿＿＿＿＿＿

海岸地質：＿＿＿＿＿＿

踩踏聲想像：

與心靈對話：

走過南部＿＿＿＿＿＿海岸

日期：＿＿＿＿＿＿＿＿

時間：＿＿＿＿＿＿＿＿

環境特色：＿＿＿＿＿＿

海岸地質：＿＿＿＿＿＿

踩踏聲想像：

與心靈對話：

合奏海岸樂章

來到海邊，雙腳踩在不同地質的海岸，會發出不同聲響。聽浪聲，讀好文，用心感受海洋作家廖鴻基的波濤之音，靜靜聆聽你踩踏海岸的聲音，更可以創作一行詩、一段散文，合奏你與作家海岸的樂章。

濤聲滾滾，由遠而近，一趟趟破碎在平緩灘坡上，白沫嘈嘈推擠，發出陣陣瑣碎的嘆息聲，這是沙灘，這段海岸的位置可能在西部。我們也聽見過捲浪軒昂揚起，衝撲成灘上碎浪，帶動灘坡上的石礫嘩嘩滾盪，像一大鍋翻炒的豆子，這可能是花東海岸。

——選自《23.97的海洋哲思課》

海岸如弦，海浪帶著音符往復穿梭……

潮來潮往

潮汐就像是海洋的時鐘，讓地球萬物從中取得各自的生活節拍。臺灣海岸的潮汐屬半日潮，也就是一天兩個漲潮、兩個退潮。每次漲潮退潮時間間隔約六小時。

認識潮汐

你曾在彰濱海邊或是花東海岸靜靜的跟潮汐說話嗎？記錄著它潮起潮落的奇妙身影……

彰濱海邊的潮起潮落觀察

地點：＿＿＿＿＿＿＿＿

日期：＿＿＿＿＿＿＿＿

時間：＿＿＿＿＿＿＿＿

潮差距離：＿＿＿＿＿＿

＿＿＿＿＿＿＿＿＿＿＿＿

＿＿＿＿＿＿＿＿＿＿＿＿

花東海岸的潮起潮落觀察

地點：＿＿＿＿＿＿＿＿

日期：＿＿＿＿＿＿＿＿

時間：＿＿＿＿＿＿＿＿

潮差距離：＿＿＿＿＿＿

＿＿＿＿＿＿＿＿＿＿＿＿

＿＿＿＿＿＿＿＿＿＿＿＿

親近潮間帶

潮間帶是我們親近海洋時，最先接觸的地方。潮間帶生物是對氣候變遷產生快速變化的生物群落。海洋作家廖鴻基初次踏上彰濱海岸時，深刻感受到該地潮間帶豐沛的生命力。

你去過潮間帶嗎？你在那裡看到什麼？做了什麼？分享你與潮間帶相遇的點滴。

用文字與圖像記錄你的感受和發現……

魚你相遇

臺灣四面環海，更有黑潮經過。水來水往，巡游在臺灣東岸和西岸的魚兒也各有特色，你認識這些魚嗎？請畫出或貼上臺灣東岸和西岸洄游魚種的圖像，並記錄這些洄游魚種出現的季節。

西部海岸巡游魚類：

東部海岸巡游魚類：

吃魚話魚

「靠山吃山，靠海吃海。」大海，是天然的冰箱。這是海岸阿美族人常常掛在嘴邊的驕傲。對於採集，他們遵循著自然的時序，只取自己當日所需的，與海洋共生，同時不忘感謝海洋賜予的豐饒。因此，部落衍生出各種不同的海洋祭儀活動，也兼顧了生態保育的平衡。

吃食或獵食，原本是食物鏈上、下層為了生存的自然行為。但獵者糊里糊塗的濫捕或消費者糊里糊塗的亂吃，就會出現很大的問題。

讓「環境自覺」自心中萌芽

完整的食魚教育，應以臺灣本地物產為優先，並包含哪些要點作為基礎？請用生動活潑的一頁書或動漫表達。

當你在吃魚時，是否想過這條魚是怎麼來的？哪一種捕撈魚法是友善永續的呢？

依據「臺灣海鮮選擇指南」之海鮮挑選原則，編一段故事或編輯2-3分鐘的動人短片傳遞分享。

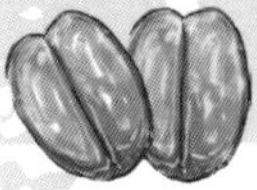

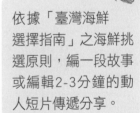

與海同樂

臺灣，擁有世界級美麗海岸。來到海邊，不只是戲水踏浪，你可以搭賞鯨船，與海豚同行，運氣好還可以看見抹香鯨；也可以划獨木舟，感受海水正藍；或是採蚵摸蛤，參與親海體驗；夜間搭船，觀賞斑斕的星空，手持釣竿享受釣魚樂和在海上觀賞不一樣的日出美景。

你曾用怎樣的方式與海同樂，把這段經歷用文字或圖像記錄下來，將它收藏種進心裡……

時間：________　地點：____________________　海況：________________________

感動：____

____

照片：

預約彰濱的未來

海洋作家廖鴻基於《23.97的海洋哲思課》的〈想像彰濱〉，提到了彰濱的廢水、潮間帶泥灘地與綠能……等，忘記臺灣的邊界，請以SWOT分析的四個面向，擘劃彰濱海岸人文想像的未來，營造地球公民的機會。

內在分析 ╲ 外在分析	優勢（S） Strengths	劣勢（W） Weaknesses
機會（O） Opportunities	SO策略 應用內部優勢 爭取外部機會	WO策略 利用外部優勢 克服內部劣勢
威脅（T） Threats	ST策略 利用內部優勢 避開外部威脅	WT策略 減少內部劣勢 迴避外部威脅

我對彰濱的人文想像：

當個不塑之客

地球提供我們生存環境，賦予潔淨的陽光、空氣、水。地球無私的付出，身為房客，我們又帶給地球什麼？全球塑膠及一次性用品的垃圾產量驚人，這些千年不壞的塑製品已經嚴重破壞生存。為了讓後代子孫都能永享地球的美好，讓我們一起做個不塑之客，傳遞永續綠生活主張。

落實零廢棄減塑7R

一起做個有意識、理性的生活者，落實零廢棄7R，與環境共生存。

7R綠行動	內涵
1.拒絕(Refuse)	拒絕成為垃圾製造者，拒絕不必要的消費行為，拒絕在消費時製造垃圾。
2.減少(Reduce)	食材天然化，減少加工品或半成品。減少使用塑膠，再進階到無塑生活。
3.重複使用(Reuse)	選擇非塑膠的耐用材質，找尋合適的代替品，取代一次性的消耗用品。
4.修繕與修理(Repair)	修繕DIY，延長物品的使用壽命。
5.分解(Rot)	在家就可以處理掉廚餘以及可以被大自然分解的廢棄物。
6.資源回收(Recycle)	回收可再生或再利用的資源，同時做好垃圾分類。
7.重新思考(Rethink)	省思自身周遭，是否打破既有框架、突破現有習慣。

零廢棄7R綠行動

你認為框格編號中的行為是7R的哪一項呢？請將編號填入對應的7R裡(可複選)；也可以自行編號延伸更多7R的內容，利用回收紙板做教具教材。

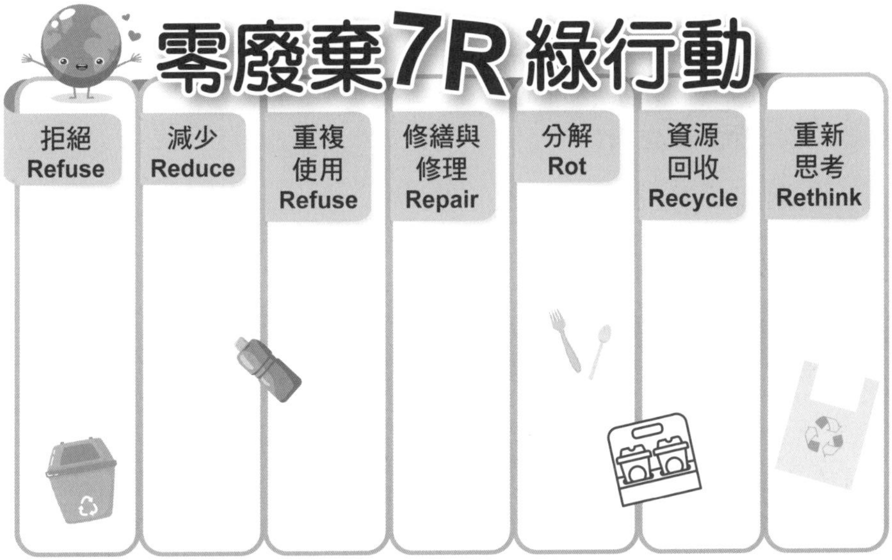

1 不使用一次性塑膠製品

2 只買需要的物品

3 使用環保餐具

4 維修家具

5 舊衣舊書回收

6 果皮堆肥

7 拒絕使用免洗餐具

8 重複使用玻璃瓶

9 修補衣物

10 垃圾分類

11 反思地球環境問題

12 想想自己可以做什麼？

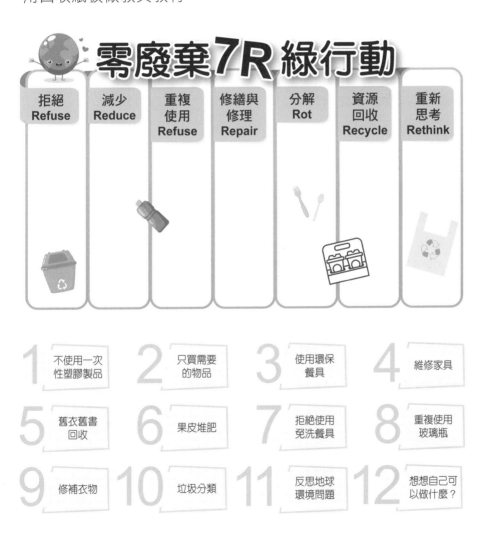

做對選擇就能改變

自工業革命以來，產品的設計皆以單向的加工、製造、使用、拋棄的「搖籃到墳墓」的思維。如此不顧生態環境的生產消費模式，終將反噬人類健康生存的根基。2019新冠肺炎疫情，造成全球經濟衰退、人心恐慌，但也帶給地球片刻的休養生息，讓我們得以省思，調整生產及消費方式，讓物品最後都會被重複利用、回收與分解，讓生命生生不息。創造「搖籃到搖籃」的零廢棄綠生活環境，從你我生活實踐開始！

垃圾的三生三世

你知道你周遭的物品，一旦變成垃圾被丟棄，要花多久時間才會被分解嗎？下面這張簡表帶你認識垃圾被分解的時間。

垃圾分解時間表

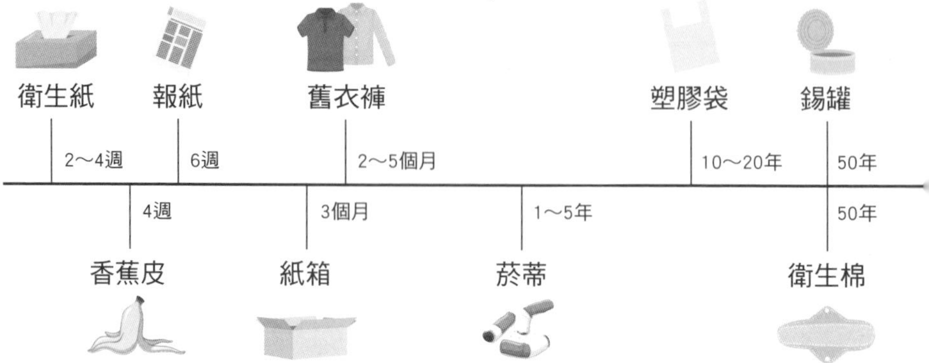

減塑親子遊戲

可以將物品和分解時間做成牌卡，透過下列遊戲方式，深化記憶。

減塑抽抽樂

洗牌後，輪流抽出物品卡或分解時間卡，回答相對應的分解時間或物品。答對最多者獲勝。

減塑碰碰樂

將物品卡和分解時間卡，洗牌後蓋牌，憑記憶翻出配對的兩張卡，如：紙箱配3個月、塑膠袋配10～20年。

減塑心臟病

主持人隨意抽出物品卡和時間分解卡，知道相對應卡的分解時間或物品，立即拍牌卡並說出來，動作最快者為勝。

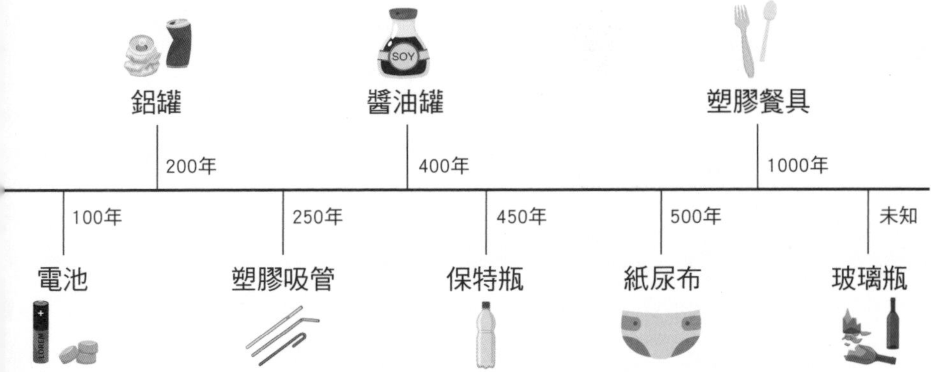

當阿岸遇上阿海

海洋文學作家廖鴻基曾說，「清楚意識到自己從環境生態中獲得什麼好處，並帶著知恩圖報的情懷，就是環境自覺。」藉由〈阿岸和阿海〉的故事，作者寓意將「環境自覺」帶進日常生活，因為唯有人類自身做出改變，才能改善海洋廢棄物問題，與大海和諧共生。

海洋小劇場

遊戲是孩子的本能、兒童認知外界的方式，也是孩子學習的最佳方式。話劇遊戲不僅是兒童的專利，在成人的世界，透過角色扮演來體驗、調整、修正，也是一種寶貴的學習歷程。整體而言，這是一種學習也可以是一種生活提領。閱讀〈阿岸和阿海〉的哲思故事篇章，發揮想像力、表達力，藉由話劇演出一起關懷海洋。

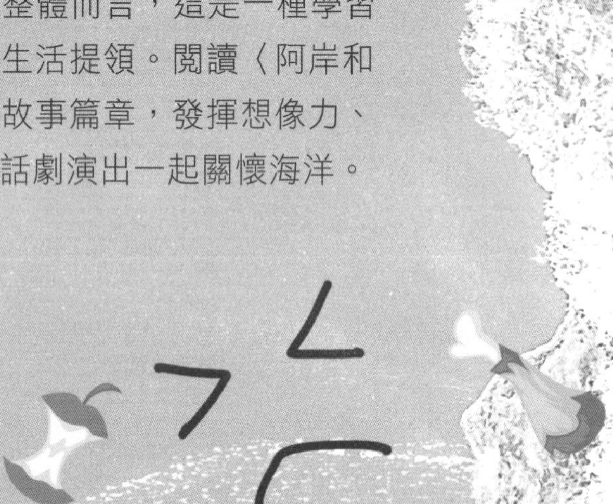

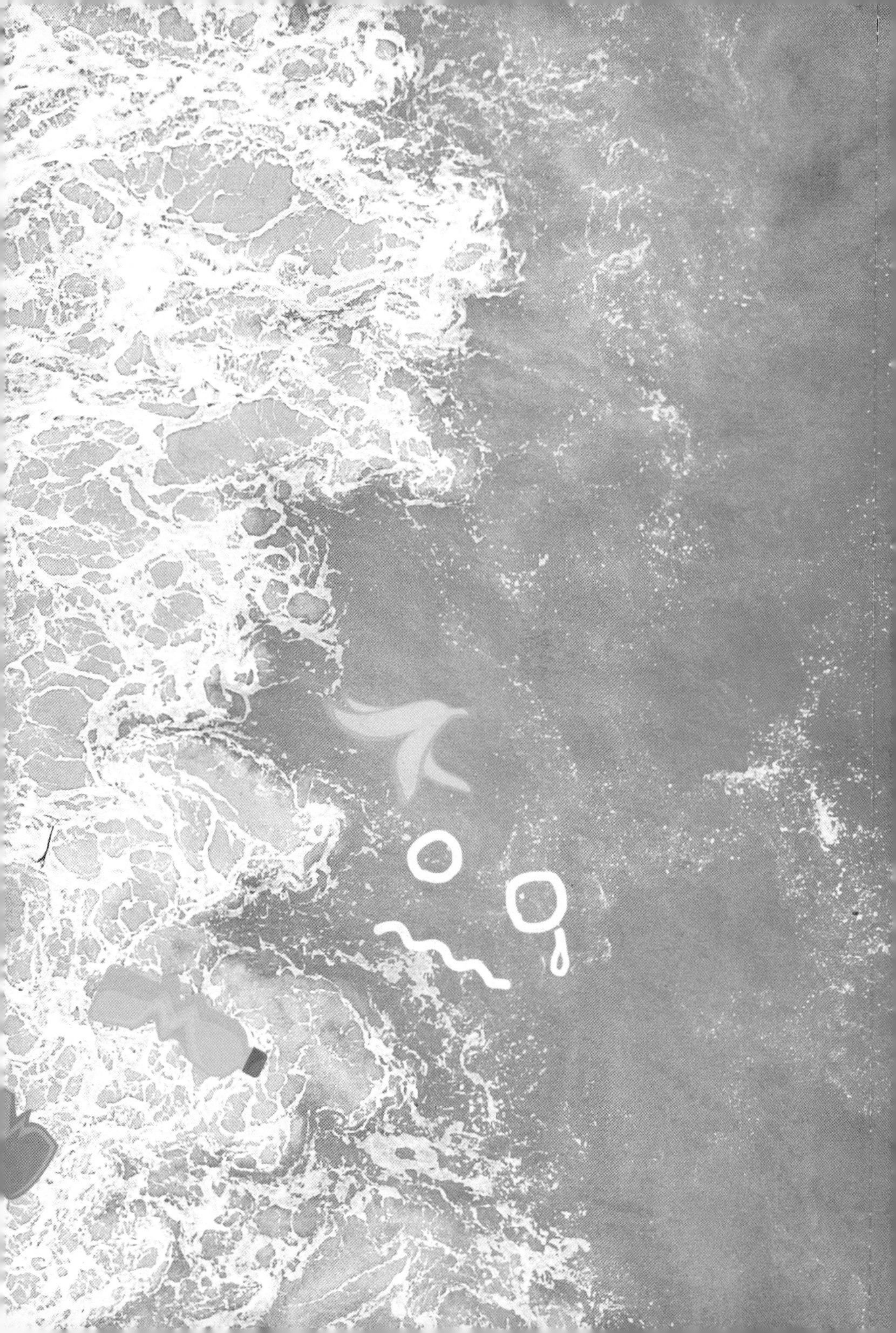

海岸如弦，海浪帶著音符往復穿梭，
生命繽紛來去，合奏一曲我們的海岸樂章。

——廖鴻基

走 一 段 海 岸 ，
靜 靜 聆 聽 踩 踏 海 岸 的 聲 音 ，
感 受 風 景 與 人 同 在 的 悸 動 。
收 藏 海 與 心 的 對 話 呢 喃 ，
並 書 寫 下 來 ……

23.97親海體驗

作者＝吳銀玉　出版者＝幼獅文化事業股份有限公司　發行人＝李鍾桂　總經理＝王華金
總編輯＝林碧琪　主編＝韓桂蘭　編輯＝陳韻如　美術編輯＝李祥銘　照片提供＝吳銀玉P3、P9、P18
總公司＝(10045)臺北市重慶南路1段66-1號3樓　電話＝(02)2311-2832　傳真＝(02)2311-5368
郵政劃撥＝00033368　印刷＝錦龍印刷實業股份有限公司　初版＝2020.11
幼獅樂讀網 http://www.youth.com.tw　幼獅購物網 http://shopping.youth.com.tw　e-mail:customer@youth.com.t
行政院新聞局核准登記證局版臺業字第0143號
請洽幼獅公司圖書組(02)2314-6001#236